KB195702

안녕 기차역

안녕 기차역

구미호
식당5

박현숙 장편소설

특별한서재

차례

거래   10

선택   19

되돌리고 싶은 날 4월 28일   26

한번 물면 놓지 않아   36

잠깐 보는 거야   45

딱 한번만!   56

내 발목을 잡을 수도 있다   67

약속한 적 없어   76

우연한 만남   82

고용주의 비밀을 지키는 게 알바의 자세   91

유재가 걱정이다   100

이상한 여자   109

꼬리에 꼬리를 문 소문   119

이온이와 이온이 엄마   129

나, 너 봤어   139

입 다물고 있으면 돼   149

나를 알바로 써라   158

4월 28일   169

죽으면 안 돼   178

연수 언니의 선택과 엄마의 선택   190

입이 문제   200

유재의 진심   211

이온이는 그런 아이였다   222

안녕, 기차역!   233

『안녕 기차역』 창작 노트   246

－미리야, 어디 있니?

나는 하루에도 수십 번씩 미리 휴대폰 번호로 문자를 보냈
다. 이미 미리하고는 상관없는 휴대폰 번호라는 걸 알면서도
그랬다.

그리움은 지독했다. 머리부터 발끝까지 세포 하나하나가 아
프고 쓰렸다. 심장이 찢어지는 듯했고 폐도 창자도 아렸다.

미리가 떠난 봄이 가고 여름이 가고 가을이 지났다.

－미리가 그리운 모양이군요.

겨울로 들어서는 문턱에 나는 미리 휴대폰 번호가 보내온 문자를 받았다. 이른 첫눈이 내리던 날이었다. 아! 미리 휴대폰 번호가 새로운 주인을 찾아갔구나. 이제는 문자를 보낼 곳조차 없어졌다는 사실에 맥이 빠졌다.

—죄송합니다. 이 번호가 얼마 전까지 제 친구 휴대폰 번호였거든요.

문자를 보내고 나서 한참 울었다.

—미리가 친구였군요. 혹시 당신의 선택 중에 되돌리고 싶은 게 있나요? 당신이 뭔가 선택했던 그날로 돌아갈 수 있는데요.

나는 멍하니 휴대폰을 바라봤다. 이거 대체 뭐지? 보이스피싱?

보이스피싱이 날로 진화한다더니 이건 상상초월이었다. 무시할까 하다가 갑자기 궁금해졌다. 나는 조심스럽게 미리 휴대폰 번호를 누르고 통화 버튼을 눌렀다. 없는 번호라는 멘트가 흘러나왔다.

'대체 무슨 수로 내가 보낸 문자를 본 거야?'

의문이 생겼다.

–보이스피싱이지? 밥은 먹고 다니냐? 인생 그따위로 살지 마. 쓰레기보
   다 못한 인간.

조심스럽게 문자를 보냈다. 대답이 없었다. 나는 미리에게
문자 보내는 것을 그만둘 수밖에 없었다. 모든 걸 잃은 듯했다.
나는 삼 일을 죽을 듯 아팠고 학교에도 가지 못했다.

–그날로 돌아가서 당신의 선택을 바꿀 수 있어요. 보이스피싱 아니에
   요, 믿어도 됩니다.

다시 문자가 온 건 일주일 뒤였다. 보이스피싱 중에 나는 보
이스피싱이라고 고백하는 인간은 없을 거다.

–나, 돈 없어요.
–보이스피싱 아니라니까요.

달호와 나는 그렇게 거래를 시작했다. 달호는 불사조를 꿈꾸
는 구미호라고 했다. 사람의 시간 천 일을 먹으면 불사조가 될
수 있다고 했다.

–딱 하루를 내게 주는 거예요. 수십 년, 길게는 백 년 정도 살면서 그깟

하루 없어진다고 큰일은 나지 않겠지요? 절대 손해 보는 거래는 아니

에요. 손해는커녕 나를 만난 걸 행운으로 여겨야지요.

거래

문자로 기차표가 도착했다.

12월 28일 오후 4시에 서울역에서 출발하는 기차표였다.

−표 받았죠?

달호에게서 확인 문자가 왔다.

−예. 그런데 도착역 이름이 없는데요, 어디서 내리는 건가요?
−종착역에 내리면 됩니다. 우리 약속을 다시 한번 확인할게요. 당신의
　선택을 되돌릴 수 있게 해주는 대신 나는 대가로 당신의 하루를 가져
　갑니다. 그게 어느 날인지는 내가 알아서 선택해요. 당신은 당신의 하

루 중에 없어진 게 어느 날인지도 모르고 살아갈 수도 있어요. 가끔 없어진 하루를 정확하게 알아내는 사람들도 있긴 하더군요. 어찌 되었든 당신이 손해 보는 거래는 아닙니다.

—예……. 질문이 있어요. 선택을 정말 되돌릴 수 있나요?

—그 질문, 벌써 여러 번 했어요. 의심이 꽤 많으시군요. 내 대답은 한결같아요. 예! 되돌릴 수 있어요. 앞으로 우리는 연락할 일이 없어요. 기차를 타면 모든 것이 순조롭게 진행될 테니까요. 순간순간 어떻게 행동해야 할지 알려주는 이들이 있어요. 내가 고용한 자들이지요. 그들이 하라는 대로 따라 하면 되는 거예요.

달호는 더 이상 문자를 보내지 않았다. 나는 물끄러미 기차표를 바라봤다. 정말 이 기차를 타면 그날로 돌아갈 수 있는 걸까? 미리를 보내고 나서 하루에도 수십 번씩 떠올리며 후회했던 4월 28일, 그날로?

12월 28일은 방학식이었다. 학교에 다녀왔을 때 엄마는 누군가와 통화를 하고 있었다. 학원에 다녀오겠다는 말을 하려고 통화가 끝나기를 기다렸다.

"시연아, 왜애?"

엄마가 전화를 끊으며 물었다.

"나, 학원 가."

"학원 간다는 말을 하려고 그렇게 말끄러미 쳐다보고 서 있었던 거야? 그래, 어서 가, 아니다."

엄마가 당황했다.

"다녀와."

엄마가 다시 말했다.

"알았어. 다녀올게."

나는 다녀온다는 말에 힘을 주었다. 엄마가 고개를 끄덕였다. 요즘은 그렇다. 엄마는 아빠가 출근하거나 오빠와 내가 학교에 갈 때 '다녀와'라고 또렷하게 말한다. 예전에 '응, 어서 가' 하고 말할 때와는 다르다. 가라고 하면 영원히 갈까 봐 엄마는 두려운 거다.

"시연아."

현관문을 여는데 엄마가 불러세웠다.

"괜찮아진 거지? 아니다, 괜찮아지고 있는 거지? 반년이 지났는데."

엄마 표정이 심각하고 진지했다. 반년이 지났으면 괜찮아져야 하는 건가? 그런 계산법이면 이 년 정도 지나면 내 기억에서 미리는 싹 사라지고 없겠네? 나는 엄마의 저런 점이 싫다.

"아니, 네가 말을 안 하니까 걱정이 되어서 그러는 거지."

"말을 안 하기는 누가 말을 안 해? 지금도 말하고 있잖아. 엄마가 걱정할까 봐 학원 간다는 말을 하려고 통화가 끝나기를 기다리고 있었잖아."

"아니, 엄마가 하는 말이 그런 뜻 아닌 거 알고……. 그래, 그래, 미안하다. 얼른 학원 가. 늦겠다. 아휴, 오늘 저녁 반찬은 뭘 해야 하나? 숨 막히고 힘들어. 너희 아빠는 친구도 없고 갈 데도 없나 봐. 요즘에는 내가 아주 죽을 맛이야."

"죽을 맛인데 아침마다 다녀오라는 말을 그렇게 간절하게 해?"

"어머. 그거하고 그거하고 같니?"

엄마가 얼굴을 찡그렸다. 그래, 그건 엄마 말이 맞다. 그거하고 그거는 다른 거다.

"아빠 앞에서 그렇게 말해보든가. 제발 집에 좀 늦게 들어오라고, 외박하면 더 땡큐라고 말해. 아빠 앞에서는 말 한마디 못하면서 왜 뒷담화해?"

"어머, 뒷담화는 무슨 뒷담화? 그리고 누가 외박이라는 말을 했어? 너 은근히 말 지어내는 재주 있다. 얼른 학원 가. 아니, 학원 다녀와."

엄마는 주방으로 들어갔다. 엄마는 아빠에게 약점을 잡혔다. 약점을 잡히고 나서 엄마는 아빠에게 꼼짝하지 못한다. 약점을 잡히기 전에도 아빠는 일곱 시면 집에 왔고 집밥을 좋아했으며 휴일에는 집 안의 붙박이였다. 하지만 그때는 지금과 좀 달랐다. 지금 정도는 아니었다. 오빠 성적 문제만 아니면 엄마에게 슬쩍 져주는 문제도 많았다.

하지만 몇 달 전 그날부터 엄마는 완전히 쪼그라들었다. 그 날 엄마 아빠는 안방 텔레비전이 박살 날 정도로 싸웠다. 엄마 아빠가 싸울 때 나는 안방 문에 기대 안에서 흘러나오는 말을 다 들었다. 엄마는 억울하다고 했다. 자신을 변호하려고 애썼다. 하지만 아빠는 귀를 닫고 엄마 말을 듣지 않았다. 엄마는 그렇게 사람을 못 믿을 거면 차라리 이혼을 하자고 했다. 하지만 아빠는 그 말에도 귀를 닫았다.

나는 그날 밤에 엄마 아빠가 했던 말을 곰곰이 생각해 봤다. 엄마가 억울한 면이 분명 있었다. 하지만 나서지 않기로 했다. 끝까지 모른 척하기로 했다. 내가 나서면 그 일이 사실이든 아니든 엄마의 자존심이 무너질 거 같았다. 딸 앞에서 무너지는 엄마를 절대 보고 싶지 않았다.

"아직도 그러고 있어?"

엄마가 주방에서 내다보며 소리쳤다.

좀 전까지 맑았던 하늘이 잔뜩 흐려졌다. 축축하고 냉랭한 바람도 불었다. 역으로 가는 버스를 타는데 눈이 내리기 시작했다.

3시 45분! 서울역에 도착했다.

"66번 홈?"

기차표에 '66'이라는 숫자가 떴지만 아무리 둘러봐도 66번 홈은 보이지 않았다. 1번부터 14번까지가 끝이었다.

"뭘 찾는 모양이에요? 내가 좀 봐줄까요?"

빨간색 털목도리를 휘감은 할머니가 친절하게 말했다.

"저기, 저기가 66번 홈이에요."

할머니가 손을 쭉 뻗어 오른쪽을 가리켰다. 할머니가 가리킨 곳에는 좁은 계단이 있고 계단 위에 '66'이라고 쓰인 전광판이 번쩍였다.

"고맙습…… 어?"

나는 인사를 하려고 옆을 봤지만 할머니는 없었다. 주변을 휘익 둘러봤지만 어디에도 없었다.

계단 아래에는 기차가 서 있었다. 한눈에 봐도 낡은 기차였다. 군데군데 녹이 슨 부분도 보였고 볼품없이 크기만 큰 사각형 모양이었다. 날렵한 모습을 자랑하는 고속열차와는 달라도 많이 달랐다. 게다가 기차를 타려는 사람들도 보이지 않았다.

'달호와 거래를 한 사람들만 타는 기차인가?'

나는 그런 생각을 했다.

'1호차 3A.'

나는 내 좌석을 찾아 앉았다. 잠시 후 검은 패딩을 입고 흰 털모자를 눌러쓴 여자가 내 옆에 앉았다. 기차가 출발하기 직전 60대로 보이는 아저씨가 1호차로 들어왔다. 정수리 부분이

흰한 아저씨는 몹시 지치고 피곤한 기색이었다.

기차가 출발했다.

종착역까지 얼마나 걸리는지, 그곳에서 무슨 수로 4월 28일로 돌아갈 수 있는지 아는 건 아무것도 없었다. 하지만 기차를 타는 순간 모든 것이 순조롭게 진행될 거라고 달호가 그랬다.

철커덕철커덕.

기차는 천천히 달렸다. 눈발이 점점 더 굵어졌다.

"어디서 많이 보던 얼굴이네요?"

옆자리에 앉은 여자가 말을 걸며 흰 모자를 벗었다. 낯익은 얼굴이었다.

"어디서 봤더라."

나와 여자는 서로를 마주 보며 눈을 깜박였다.

"아하."

그리고 동시에 말했다.

"강아지."

"맞아요. 우리 강아지 산책시키면서 가끔 스쳐 지나갔어요."

여자와 나는 같은 아파트에 살고 있었다.

"혹시 달호?"

"어머, 학생도?"

여자의 얼굴에 안도의 빛이 스치고 지나갔다. 아마 내 표정도 그랬을 거다. 나는 달호와 거래를 하면서도 한편으로는 늘 불안했었다. 그런데 나 말고도 달호와 거래를 한 사람이 또 있다니 다행이었다.

눈발이 굵어졌다. 눈발 때문에 밖이 흐릿했다.

"이런 눈 본 적 있어요?"

여자가 물었다.

"나는 이런 폭설, 두 번째 봐요. 작년 겨울에도 이런 날이 있었거든요. 그날 애를 잃어버렸지 뭐예요. 애가 눈을 진짜 좋아해서 눈만 내리면 방방 뛰거든요. 그날도 그랬어요. 밖에 나오자마자 미친 듯이 뛰는 거예요. 그러더니 어느 순간 눈앞에서 사라졌어요. 눈은 펑펑 쏟아지고 앞은 보이지 않았어요. 아무리 불러도 애는 돌아오지 않았고요. 세상이 멈춘 듯했어요."

여자가 말하는 애는 강아지인 듯했다.

"그래서 찾았어요?"

"찾았는데, 그런데 또 잃어버렸지 뭐예요……."

"예?"

나는 여자가 데리고 다니던 그 강아지를 또렷이 기억한다. 솜털처럼 흰 강아지였는데, 그 강아지를 잃어버렸다는 말이었다. 여자가 눈물을 훔쳤다. 나는 여자에게 말을 시킬 수 없었다.

주먹만 한 눈송이들이 차창을 때리고 스러졌다.

기차는 출발 후 단 한 번도 정차하지 않고 달렸다. 눈은 그칠 줄 몰랐고 회색빛 세상으로 어둠이 서서히 내리고 있었다.

"우리 열차는 잠시 후 종착역에 도착합니다. 종착역에 도착하면 돌아가는 기차표부터 끊어주세요. 다시 한번 말씀드립니다. 돌아가는 기차표부터 끊어주세요."

방송이 끝나면서 기차는 서서히 속도를 줄였고 곧 멈췄다.

나는 가방을 메고 자리에서 일어났다. 기차에서 내린 사람은 1호차에 탔던 세 사람이 전부였다.

"기차표부터 끊으려면 저기로 들어가야 하겠지요?"

여자가 철로 건너편을 가리켰다. 단층의 작은 역사가 보였다. 나와 여자는 육교를 건너 역사로 갔다. 정수리가 훤한 아저씨도 따라왔다. 역사 안은 아늑하고 따뜻했다. 오른쪽 구석에는 난로가 있었고 난로 위에는 커다란 주전자가 놓여 있었다. 주전자는 김을 요란스럽게 뿜어내고 있었다.

잠시 외출 중

매표소 유리창 한쪽 구석에 낡은 팻말이 걸려 있었다.

"앉아서 기다려요."

여자가 나무 의자에 앉았다.

한참이 지나도 매표소 직원은 돌아오지 않았다.

선택

"한심하기는."

음산한 기운이 뿜어져 나오는 남자는 나와 여자 그리고 정수리가 훤한 아저씨를 번갈아 바라보며 혀를 찼다. 허리까지 내려오는 긴 저고리와 발까지 완벽하게 감춘 긴 치마가 은근히 잘 어울리는 남자였다.

"뭐가 한심해요?"

정수리가 훤한 아저씨가 상당히 기분 나쁜 표정으로 물었다.

"당신들은 사기를 당한 거야."

남자의 말에 나는 충격을 먹었다.

"사, 사, 사기요?"

"사기라니요?"

여자와 정수리가 훤한 아저씨도 충격을 받아 얼굴이 샛노래졌다.

"당신들, 지나간 시간 속으로 들어가 후회되는 선택을 되돌릴 수 있다는 달호 말을 듣고 여기까지 온 거잖아?"

"그, 그걸 어떻게……."

"달호 개, 구미호 세계에서 소문난 사기꾼이야. 자기의 목적을 위해서는 물불 안 가리지. 달호는 항상 골칫덩어리지. 당신들 죄다 죽은 자와 연관된 선택을 되돌리고 싶어 하는 거지? 에이그, 쯧쯧."

남자가 다시 혀를 찼다.

"죽은 자와 연관된 선택은 되돌릴 수 없어. 살아 있는 자와 연관된 선택은 뭐, 가끔 되돌릴 수도 있지."

"당신은 누군데 갑자기 나타나서 이러는 건가요? 혹시 당신이 사기꾼 아닌가요? 우리는 지금 아주 간절해요. 간절한 마음으로 여기에 왔다고요. 사기꾼이라면 제발 가주세요. 훼방 놓지 말고요."

여자가 울먹이며 말했다.

"나는 증호라고 하지. 나 역시 구미호야. 구미호 세계에서 가장 나이가 많은 구미호. 곧 죽음을 앞두고 있지. 죽음을 앞두고 있는 내가 사기 칠 게 뭐가 있겠어? 나는 당신들에게 바라는 것도 없어. 달호는 대가를 원했지. 뭘 원했나?"

"하루."

나는 중얼거리듯 대답했다.

"구미호들은 착각을 하며 살아가지. 구미호는 다른 생명체들보다 오래 살아. 그러다 보니 지들이 대단한 존재인 줄 착각을 하며 영원히 살 수 있다는 허황된 꿈을 꾸지. 불사조가 될 수 있다고 믿는 거야. 죽지 않는 생명체는 없는데 말이야. 별별 말들이 돌아. 죽은 자의 식지 않은 피를 원하는 일도 있고 산 자의 행복했던 시간을 원하기도 하지. 나도 한때는 그런 어리석은 생각을 했었지."

"그럼 우리는 어떻게 되는 거예요?"

정수리가 휜한 아저씨가 가슴을 쾅쾅 쳤다.

"그냥 돌아가야지. 조금 있으면 너희들 세계로 돌아가는 기차가 올 거야. 그걸 타고 돌아가."

"안 돼요. 달호의 문자를 받고 나서 얼마나 설레며 기다렸는데요. 오늘이 오기만을 기다리며 살았다고요. 이렇게 돌아가느니 차라리 돌아가지 않을 겁니다. 나는 아무래도 증호 당신이 사기꾼 같아요, 훼방꾼 같다고요. 갑자기 나타나서 이러는 법이 어디 있어요?"

정수리가 휜한 아저씨가 고래고래 소리쳤다. 아저씨 빰을 타고 눈물이 흘렀다. 증호는 아저씨를 가만히 바라봤다.

"오늘이 나의 마지막 외출이야. 죽기 전에 마지막으로 나온 거지. 오늘 외출이 끝나고 나면 굴속으로 들어가 죽음을 맞이할 거거든. 너희들은 행운을 거머쥘 수 있게 되었어. 내가 마지막 외출에서 만난 기념으로 선물을 주고 가지. 너희들이 원하는 그날로 돌아가게 해줄게. 하지만 다시 한번 말하는데 죽은 자와 연관된 선택은 되돌릴 수 없어."

"이것 보세요. 자꾸 되돌릴 수 없다, 되돌릴 수 없다, 그러는데 되돌릴 수 없다면서 뭔 선물 타령이에요? 지금 놀리는 겁니까?"

아저씨 목소리 톤이 높아졌다.

"성질도 되게 급하군. 말을 끝까지 들어. 너희들은 이곳으로 다시 오게 될 거고, 이곳으로 돌아오는 날 그 선물이 뭔지 알게 될 거야. 내 말을 믿고 싶으면 믿고, 믿고 싶지 않으면 믿지 마. 이 선택 역시 너희들 몫이니까. 잠시 후 매표소에 직원이 들어올 거야. 달호가 고용한 직원이지. 절대 표를 사면 안 돼. 그 직원이 나가고 나면 다른 직원이 들어올 거야. 그때 표를 사면 돼."

"믿어도 되나요? 증호 당신 말을 믿었다가 공연히 기회를 날리는 건 아닌가요?"

"선택은 너희들 몫이라고 했잖아. 아무튼 마지막 외출에서 보람된 일을 하게 되었군. 내가 살았던 천년의 시간, 수많은 잘못된 선택들도 있었지만 그로 인해 더 단단해지기도 했지. 물론 그로 인해 아프고 힘든 날들도 많았지만 말이야. 어떻게 완벽한 삶이 있을 수 있겠나? 그 순간 최선을 다하면 되는 거지. 나름 꽤

찮은 삶이었지."

증호는 손을 흔들어 보이고는 문을 열고 나갔다. 증호는 곧 어둠 속으로 사라졌다.

그때였다. 문이 열리며 바람과 함께 누군가 들어왔다. 은빛의 긴 머리를 하나로 질끈 묶은 여자였다. 여자는 매표소 안으로 들어갔다. 그러고는 잠시 외출 중이라는 팻말을 떼어냈다. 여자가 이쪽을 향해 손짓을 했다.

"표를 사라는 거 같은데. 달호가 고용한 사람인 거 같아."

정수리가 훤한 아저씨가 말했다.

"표 사세요."

매표소에서 여자가 소리쳤다.

"우리, 솔직히 선택을 되돌리려고 여기 온 거잖아요. 그러면 선택을 되돌릴 수 있다는 달호 말을 믿어야 하는 거 아닌가요? 되돌릴 수 없다면 무슨 의미가 있겠어요?"

정수리가 훤한 아저씨가 말했다.

"어떻게 해야 하지?"

나는 망설였다. 정수리가 훤한 아저씨 말이 맞는 말이긴 하다. 하지만 증호 말대로 하더라도 미리를 다시 만날 수는 있는 거 아닌가? 그날로 돌아갈 수는 있는 거다. 증호는 선택을 되돌릴 수 없다고 말했지, 그날로 돌아갈 수 없다고는 하지 않았다. 나는 증호가 말한 마지막 선물이 자꾸만 떠올랐다. 최악의 경우를

면하게 해줄 선물 같다는 생각이 들기도 했다.

"곧 매표소 문 닫습니다."

매표소에서 여자가 다시 소리쳤다. 정수리가 훤한 아저씨가 매표소로 달려가 표를 샀다. 정수리가 훤한 아저씨가 표를 사자 나와 함께 있던 여자의 표정은 더 초조해졌다.

"저는 증호를 믿을래요."

여자가 결심한 듯 주먹을 꼭 쥐었다.

"생각해 보니까 말이에요, 달호도 믿을 수 없는 존재였던 건 마찬가지였잖아요? 어느 날 불쑥 문자를 보내와 자기가 구미호라고 했거든요. 믿지 않겠다고 작정했으면 절대 못 믿을 상황이었어요. 그래도 증호는 모습을 봤잖아요. 학생은 어떻게 할래요?"

여자가 물었다.

그때였다. 매표소 직원이 밖으로 나와 매표소 문을 닫았다. 그러고는 출입문을 열고 어둠 속으로 사라졌다. 선택은 끝났다.

"제대로 된 선택이겠죠?"

나는 여자에게 물었다. 달호가 고용한 자가 가버리자 불안이 파도처럼 밀려들었다.

"그렇게 믿어야죠."

여자가 고개를 끄덕였다. 잠시 침묵이 흘렀다. 눈보라 휘몰아치는 소리가 들렸다.

"그런데 몇 살이에요? 저는 열여섯 살이거든요."

나는 불안함을 털어내려고 여자에게 말을 걸었다.

"스물네 살. 열여섯 살이면 중3?"

"예. 이름은 시연이에요, 강시연."

"나는 서연수예요."

"말끝에 '요' 자 빼세요. 막 반말해도 돼요. 나이가 네 살이나 차이 나는걸요."

나는 평소와는 다르게 조잘댔다. 그랬더니 불안함이 조금은 사라졌다.

정수리가 훤한 아저씨가 내 옆에 앉았다. 기차표를 든 아저씨 얼굴은 상기되어 있었다. 설렘이 가득한 표정이었다.

되돌리고 싶은 날 4월 28일

"세상에!"

나와 연수 언니는 서로를 마주 봤다. 정수리가 훤한 아저씨는 두 손으로 얼굴을 감싸고 얼음처럼 굳어 움직이지 않았다. 아저씨의 손은 거칠고 검었다. 잠시 후 아저씨는 두 손으로 얼굴을 벅벅 문질렀다.

"아직 찾지 못한 거예요? 석 달이나 지났는데!"

연수 언니 목소리가 떨렸다.

"음."

정수리가 훤한 아저씨 입에서 대답인지 신음인지 모를 소리가 흘러나왔다.

"그럼 찾아야지요. 찾고는 있어요?"

연수 언니가 주먹을 꼬옥 쥐었다. 아저씨가 고개를 저었다.

나는 연수 언니가 답답했다. 바다 한가운데에서 배가 가라앉았다. 작은 어선이었다. 그날 배에 타고 있던 세 명 중에 한 명은 지나던 배가 발견하고 구조했지만, 두 명은 영영 찾을 수가 없었다. 두 명 중에 한 명이 아저씨의 아들이었다. 석 달 전의 일이라고 했다.

"날마다 그 자리에 가서 목이 터져라 우리 선후를 불렀어. 미친 듯 찾았지만 소용없었지."

아저씨 목소리에 울음이 섞였다.

"하지만 이제 괜찮아. 모든 걸 제자리로 돌릴 수 있게 되었잖아."

아저씨가 침을 꿀꺽 삼켰다.

"달호를 만나 얼마나 다행인지 몰라. 그날로 돌아가면 우리 선후에게 절대 배를 타지 말라고, 타서는 안 된다고 말릴 거야. 돈 좀 못 벌면 어때, 백수로 좀 살면 어때. 그때 내가 미쳤었지. 내가 왜 초조해했는지 모르겠어. 생각해 보면 그 애보다 내가 더 초조했어. 취직 시험에 떨어지고 배를 타겠다는 애한테 잘 생각했다면서 등을 떠밀었지. 세 번이나 떨어졌었거든. 하고 싶은 일이니까 좀 더 도전해 보라고 말해볼걸. 아마 내 눈치가 보여 배를 타겠다고 했을 텐데 그 속내를 알면서도 모른 척했어. 내 아들은 내가 죽인 거야. 평생 배를 타면서 그 일이 얼마나 위험하고 고된 일인지 내가 더 잘 알고 있었는데.”

아저씨가 다시 두 손으로 얼굴을 가렸다. 손가락 사이로 눈물이 흘렀다. 아저씨 어깨가 흔들렸다. 나와 연수 언니는 아무 말 없이 아저씨를 지켜봤다. 감히 위로를 할 수가 없었다.

“에구에구, 울지 말아야지. 이제 그날로 돌아가서 선택을 되돌릴 수 있게 되었는데.”

한참 울고 난 아저씨가 얼굴을 팍팍 문질렀다. 기차표를 사서인지 아저씨는 달호를 백 퍼센트 믿고 있었다.

“그나저나 둘은 뭔 사연이 있나?”

아저씨가 자세를 고쳐 앉으며 나와 연수 언니를 바라봤다. 아저씨 질문에 연수 언니 얼굴이 급격히 어두워졌다.

“말하기 힘들면 하지 않아도 돼. 이해해. 나도 우리 선후의 죽음을 눈앞에서 확인했다면 차마 말을 하지 못했을 거니까. 그런데 우리 선후를 찾아야 하니까. 찾으려면 내가 계속 선후 얘기를 해야 했거든. 그러다 보니 사고에 대해 말하는 게 그리 힘들지는 않더군. 말하지 마. 안 해도 돼.”

아저씨가 말했다.

셋 다 말을 멈추자 눈보라 치는 소리만 들렸다. 바람이 더 심해졌는지 문도 창문도 덜컹거렸다.

“애가 별나라로 갔거든요.”

연수 언니가 바람 소리를 깼다.

"애가? 애가 있었어? 학생인 줄 알았는데."

아저씨 눈이 휘둥그레졌다.

"수술을 받고 나서 깨어나지 못했어요."

연수 언니는 쥐고 있던 목도리로 눈가를 훔쳤다.

"힘들면 말하지 마. 그나저나 아이가 아팠던 모양이네. 어디가 아팠나?"

힘들면 말하지 말라면서 아저씨가 물었다.

"심장병이요."

"에구, 많이 아팠구면."

"그런데 그게 제 잘못이었어요. 따지고 보면 심장병이 죽음의 원인은 아니었어요. 제가 잘못된 선택을 한 거였어요."

연수 언니가 목도리로 얼굴을 가렸다. 그리고 흐느꼈다.

"그날 제가 그 결정만 하지 않았어도 죽지는 않았을 테니까요."

"에고, 그렇게 간절하면 나처럼 달호를 선택하지 그랬어. 무슨 결정을 했기에?"

아저씨가 안타까워했다. 그때 연수 언니 표정이 흔들렸다. 증호를 선택한 걸 순간적으로 후회하는 거 같았다.

"이빨을 한꺼번에 일곱 개를 뽑았거든요. 잇몸이 좋지 않다고요. 우리 애는 열두 살이었고 나이가 더 들면 마취하는 데 무리가 있다고 한 살이라도 어릴 때 하자고 했어요, 의사가. 한꺼번에 일곱 개라는 말에 망설였지만 그러기로 결정했어요."

"애가 열두 살이었어? 열두 살인 아이 이빨을 일곱 개나 한꺼번에 뽑았다고? 어떤 치과 의사가 그렇게 무식한 짓을 해? 그리고 그걸 허락한 사람은 또 뭐야?"

아저씨는 기가 막힌지 말을 하며 허! 허! 소리를 연거푸 냈다.

"어느 치과야? 아이 이빨을 한꺼번에 열 개 가까이 뽑아버리는 곳이. 사람 이빨을 그렇게 무식하게 뽑아도 돼? 원래 한 개 이상 뽑아야 하면 얼마간의 시간차를 두고 뽑아야 하는 거 아니야?"

"다들 그렇게 한다고 했고 별문제 없다고 했어요."

"이건 뭔 외계 세계 이야기인가? 내 주변에는 그런 사람 하나도 없고만 다들 그러기는 무슨."

아저씨는 자신의 일인 양 흥분했다.

"강아지예요."

"뭐?"

"강아지라고요."

"이빨을 뽑은 애가 강아지였어?"

"예. 수의사 말대로 주변을 보면 이빨을 모두 발치한 강아지나 고양이가 많았어요. 의사는 틀린 말을 하지 않았어요. 다만 제 선택에 문제가 있었던 거지요."

연수 언니가 고개를 끄덕였다. 아저씨는 황당한 표정을 감추지 못했다.

"그럼 처음부터 강아지라고 말을 좀 하지. 내가 너무 흥분한
거 같은데……. 아니지, 강아지든 사람이든 십 년을 넘게 같이
살았으면 가족이지."

"이빨을 뽑고 나면 기침을 할 수도 있다고 했어요. 삼 일 동
안 계속 기침을 하길래 병원에 데리고 갔더니 담당 수의사는
쉬는 날이었지요. 다른 수의사가 오랫동안 기침하는 경우, 열
흘도 넘게 한다고 그러더라고요. 그 말을 믿지 말아야 했어요.
열흘이 되기도 전에 폐에 물이 찼거든요. 그때 우리 애는 심장
병 초기여서 약을 먹고 있었고, 심장병 초기는 약을 잘 먹이면
몇 년을 건강하게 살거든요. 그런데 심장병이 원인이라 물이
찼다고 하고……. 지금 생각하니 아아아, 모르겠어요. 아무튼
숨을 제대로 쉬지 못해서 산소방에 입원해서 폐에 찬 물을 빼
고 삼 일 만에 퇴원했어요. 그런데 하루가 지나고 다시 재발한
거예요. 다시 입원했다가 삼 일 만에 퇴원했는데 또 재발! 도대
체 뭐가 뭔지 헷갈렸어요. 그렇게 아이는 집에 돌아오지 못하
고 두 달 넘게 동물병원의 좁고 좁은 산소방에서 살아야 했어
요. 강한 이뇨제를 맞으면서 버텼어요. 면회 갈 때마다 떨어지
지 않으려고 발버둥 치는 애를 두고 올 때 매일 저는 거짓말을
했어요. 조금 있으면 집에 올 수 있어, 그러니까 참아. 뭘 참으
라고 한 걸까요?"

연수 언니는 두 손으로 얼굴을 감쌌다.

"에구…… . 얼마 전에 인터넷 기사에서 봤는데 어떤 사람이 키우던 강아지가 죽고 같이 따라갔다고 하더라고. 뭔 그런 황당한 일이 다 있나 생각했는데 그럴 수도 있겠구먼."

아저씨 목소리가 무거워졌다.

"그런데 수술을 하고 나서 깨어나지 못했다고 하지 않았나?"

"얘기를 하자면 길어요."

연수 언니가 자리에서 일어나 창가로 갔다. 연수 언니는 말없이 창밖을 내다봤다.

"짧은 사연들이 어디 있겠나?"

아저씨도 앉은 채 창밖을 바라봤다.

연수 언니의 사연은 이랬다.

퇴원하지 못하고 있을 때 부정적인 말만 들었다고 했다. 이뇨제를 계속 맞으면 신장이 망가진다고. 그렇다고 해서 이뇨제를 맞지 않을 수는 없다고 했다. 신기한 것은 연수 언니 강아지의 신장 수치는 늘 정상이었다. 수의사도 이해할 수 없다고 말했단다. 아마도 강아지가 살려는 의지가 커서 그랬을 거라고 연수 언니가 말했다.

강아지를 살릴 방법을 찾아 매일 인터넷을 뒤지던 연수 언니는 어느 날 환한 빛과 같은 기사를 접했다고 했다. 폐에 자꾸 물이 차는 심장병이 수술로 완쾌되었다는 기사였다. 어렵게 수술 날짜를 잡았는데 정작 수술은 하지 못했다고 한다. 검사 결과 수술을 하기에는 심장이 너무 튼튼하다고. 그 병원에서 열흘 정도 입원하고 드디어 산소방에서 탈출할 수 있었다고 한다. 주사를 맞지 않고 약만 먹을 수 있게 되었다.

연수 언니는 그다음 얘기를 하며 무너졌다. 퇴원을 하는데 의사가 그랬단다. 응급상황이 되면 가까운 곳에 있는 원래 다니던 병원으로 빨리 가라고. 이틀 뒤, 어쩐지 강아지가 숨을 이상하게 쉬는 거 같아 새벽에 원래 다니던 병원으로 갔는데, 그날 떨어지지 않으려고 산소방에서 유리벽을 긁으며 소리쳐 울던 그 모습이 잊히지 않는다고 했다. 지금 와서 생각해 보면 이상이 없는 숨을 쉬고 있었는데 연수 언니의 걱정이 지나쳐서 이상하게 들렸을 수도 있다고 말했다. 아무튼 연수 언니는 수술만이 완벽하게 살 길이라 여겼단다. 그래서 다시 수술 날짜를 잡았다고 한다. 연수 언니는 수술 당일이 어땠는지는 말하지 않았다.

"그날 아침에 찍었던 사진은 아직 못 보고 있어요. 그 사진을 볼 수 있는 날은 오지 않을 거라고 생각해요."

연수 언니는 이렇게 말했을 뿐이었다. 나는 연수 언니의 마음을 미루어 짐작할 뿐이었다.

"에고. 이미 늦었지만 달호를 선택해야 했어."

아저씨가 중얼거렸다.

"기차가 곧 도착합니다. 666열차에 탑승하실 승객은 준비해 주시기 바랍니다."

역사 안에 안내 방송이 울려퍼졌다. 기차료를 확인한 아저씨가 자리에서 일어났다. 아저씨는 손을 흔들어 보이고는 밖으로 나갔다. 아저씨가 나가고 나서 금빛의 긴 머리를 흩날리는 사람이 들어왔다.

"표 사세요."

증호가 고용한 직원이었다.

"999기차예요. 이거 한 장으로 세 번을 이용할 수 있어요. 기차를 타면 당신들은 과거로 돌아갈 거예요. 증호든 달호든 기억하지 못할 거예요. 과거로 가는 거니까요. 하지만 당신들이 바꾸고 싶은 선택의 그날이 오면 증호와 달호를 기억하고 오늘도 기억하게 될 거예요."

금빛 머리를 휘날리는 사람은 나와 연수 언니에게 표를 끊어주고는 밖으로 나갔다.

기차를 기다리며 연수 언니는 나에 대해 물었다. 나는 미리 이야기를 했다.

"나도 그 일 기억해."

루리 백화점이라는 말을 들으며 연수 언니는 깊은 한숨을 토해냈다.

"기차가 도착합니다. 999열차에 탑승할 승객께서는 준비해 주시기 바랍니다."

안내 방송을 듣고 나와 연수 언니는 역사에서 나왔다. 눈보라를 뚫고 기차가 들어오고 있었다.

한번 물면 놓지 않아

4월의 날씨라고는 믿기지 않을 정도로 바람이 차고 매서웠다. 곧 눈이라도 쏟아질 듯 회색빛 하늘은 낮게 내려앉았다. 불안했다. 이온이가 시비 걸기 딱 좋은 날씨다.

"좀 보자."

점퍼를 벗는데 이온이가 내 옆구리를 치고 지나갔다. 불길한 예감은 빗나가지 않았다. 나는 점퍼를 도로 입고 이온이를 따라 음악실로 갔다. 미리가 먼발치에서 따라왔다.

"생각해 봤지?"

이온이가 피아노 앞에 앉으며 물었다. 그러고는 피아노를 치기 시작했다. 피아노 선율이 음악실을 가득 채웠다. 피아노 소리가 점점 커지고 격렬해졌다. 곡도 이온이의 감정도 클라이맥

스를 향해 치닫고 있다는 뜻이다. 심장이 터질 듯 뛰었다. 피아노 연주가 끝나면 이온이는 대답을 강요할 거다.

피아노 선율이 다시 부드러워졌다. 곧 이온이의 손이 멈췄다.

"생각해 봤느냐고."

이온이가 돌아봤다. 나는 대답 대신 고개를 숙였다.

"고개 들어. 생각해 봤느냐고."

이온이가 자리를 박차고 일어나 두 주먹을 불끈 쥐고 소리쳤다. 이온이의 몸이 후드득 떨렸고 얼굴은 창백해졌다. 나는 눈을 질끈 감았다.

"눈 떠."

이온이는 제 성질을 이기지 못해 금방이라도 뒤로 넘어갈 듯 바들바들 떨었다.

"그, 그, 게…… 뭔지 알아야……."

정확한 걸 알지도 못하면서 덜컥 약속해서는 안 될 일이었다.

"심호흡, 심호흡."

미리가 이온이 등을 톡톡 두드렸다. 이온이는 미리의 구령에 따라 심호흡을 했다. 몇 번 그러고 나자 얼굴에 혈색이 돌며 떠는 것도 멈췄다.

"강시연. 웬만하면 그러겠다고 해라. 설마 이온이가 너한테 사람을 패라고 하겠냐, 죽이라고 하겠냐? 시킨다고 해도 네가 그럴 애나 되고? 너도 보기보다 고집 세다."

미리가 고개를 절레절레 저으며 말했다.

"강시연. 딱 한 번만 내가 시키는 대로 하란 말이야. 너랑 나는 이미 같은 배를 탔어. 배에서 내리려면 내 허락을 받아야 해. 그건 알고 있지?"

이온이는 같은 배를 탔다는 저 말을 입만 벌리면 하고 있다. 같은 배를 탔다는 건 어떤 운명의 테두리 안에 같이 갇혔다는 말이다. 나는 싫다. 어떤 아이인지도 정확히 모르는 이온이와 그렇게 엮이는 거.

"그래도 뭘 시킬 건지 말해주어야 약속을 하지."

"오호. 강시연. 오늘 좀 용감하다. 좋았어, 뭐 하고 싶은 말은 해야지."

미리가 말하는 순간 이온이가 미리를 쏘아봤다. 미리는 얼른 이온이 눈을 피했다.

"그날 네가 나를 봤고 너랑 나랑 눈이 마주쳤어. 그리고 너는 알아버렸잖아? 내 비밀을. 내 비밀을 알아버렸으니까 내가 시키는 일을 해야 해."

순전히 이온이의 억지였다. 나는 이온이와 눈이 마주쳤지만 이온이에게 아무 관심도 없었다. 이온이가 뭘 하고 있었는지, 뭘 하려고 하는지 알 수 없었고 알고 싶지도 않았다. 이온이가 그날 들고 있었던 휴대폰이 유재 거라는 사실도 며칠 뒤에 이온이가 제 입으로 말하는 바람에 알았다. 그런데 솔직히 말하자면 나는 그것도 별 관심 없었다. 그런데 그게 꽤 중요한 일이었던 거 같다.

나는 유재 이름도 이온이가 말해서 알았다. 우리 반에 전교 회장이 있고 그 아이가 창가 쪽에 앉은 아이라는 건 알고 있었지만 이름은 정확히 몰랐다. 아니다, 회장을 뽑는 즈음에는 알았을 테지만 곧 내 머릿속에서 사라졌을 거다. 나는 그렇다. 내 관심 밖 일들은 머릿속에 저장되지 않는다. 아니, 저장시키지 않는다고 말하는 게 더 정확할 거 같다. 뭔가를 저장하고 나면 그게 나를 늘 괴롭혔다.

"내 비밀을 알아버린 아이를 어떻게 순순히 놔주겠니? 너 나에 대해 잘 모르는 것 같아서 말해주는 건데 나는 있잖아, 한번 입에 문 건 절대 안 놔. 피아노가 그랬던 것처럼."

이온이가 피아노 선반을 텅텅 퉁겼다. 이온이는 우리 학교 음악실을 마음대로 쓸 수 있는 권한이 있다. 권한이라는 것은 누구에게나, 아무에게나 주어지는 것이 아니다. 이온이는 각종 피아노 대회의 대상을 휩쓸다시피 하며 학교의 이름을 빛낸 아이다.

"우리 아빠도 그리고 처음 다녔던 피아노 학원 선생님도 나는 절대 피아노를 잘 칠 아이가 아니라고 했었거든. 그 말들이 나를 반항하게 만들었어. 그리고 매달렸지. 피아노를 입에 물고 절대 놓지 않았지. 입안이 피투성이가 되어도."

이온이 눈에서 싸늘한 기운이 쏟아졌다.

"너, 친구 없지?"

이온이가 한쪽 입꼬리를 올리며 비웃음을 흘렸다.

"당연히 없지. 내가 너랑 같은 초등학교 나왔잖아. 누가 쳐다만 봐도 눈을 흘긴다는 둥, 지나가면서 팔이라도 스치면 때리고 갔다는 둥 예민은 있는 대로 떨었었지. 걸핏하면 징징거리고 너, 초등학교 때 왕따였잖아."

왕따도 둘로 나뉜다. 아이들이 따돌리는 왕따와 스스로 아이들을 멀리하는 왕따. 나는 두 번째였다. 아주 어렸을 적부터 나는 예민하고 민감했다. 누구와 부딪치고 어울리며 살아가는 건 딱 질색이었다. 민감하고 예민한 아이에게 세상은 위험하고 힘든 정글이었다. 집에서는 할 말 다 하고 사는 편이지만 밖에 나오면 백팔십도 달라졌다. 나는 아이들에게 이리저리 치이는 것보다 혼자가 더 좋고 편했다.

"친구가 없다는 건 무슨 일이 일어나도 편들어 줄 아이가 없다는 뜻이야. 나는 너의 그 점이 좋았어. 이번 일에 가장 잘 어울리는 아이였다고. 다시 한번 말하지만 나는 한번 입에 문 건 절대 안 놔. 한번 결심한 건 죽어도 해. 피아노가 그랬고 또 음악⋯⋯."

이온이가 말을 하려다 스스로 놀란 듯 말을 멈췄다. 나는 이온이가 하려다 만 말이 뭔지 짐작할 수 있었다. 이온이와 연관된 그 소문에 대해서는 전교생이 다 알고 있다. 너무나 엄청난 사건이어서 머릿속에서 털어내고 싶어도 저절로 저장이 되었다.

작년 음악 선생님에 대한 사건에 이온이가 연루되었다는 건 나중에 알려졌다.

음악 선생님은 첫 발령지가 우리 학교였다. 귀밑에 솜털이 보송보송하고 서른이라는 나이보다도 훨씬 더 앳되어 보였다. 우리나라에서 대학교를 졸업하고 미국 어딘가로 유학을 다녀온 유학파이기도 했다. 음악 선생님은 순수했다. 별로 우습지도 않은 말에 숨넘어갈 듯 꺄르르 웃기도 잘했고 시덥지 않은 아이들 말에 맞장구도 잘 쳤다. 음악 선생님은 아이들에게 인기가 많았다. 나처럼 학교에서 일어나는 모든 일에 시큰둥한 아이도 음악 선생님을 좋아할 정도였다.

그런데 어느 날부터 음악 선생님을 둘러싼 괴상한 소문이 퍼지기 시작했다. 음악 선생님이 동성애자라는 소문이었다. 우리 학교 여자아이들 중에 음악 선생님이 찜한 아이들도 몇몇 있다고 했다. 충격이었다.

처음에 대부분의 아이들은 헛소문이라고 했다. 하지만 얼마 뒤 구체적인 증언들이 속속 나왔다. 증언이라고는 하지만 누구에게서 나온 말인지는 철저히 가려져 보이지 않았다.

"음악 샘이 목덜미를 쓰윽 만졌다더라."

"야, 목덜미 만진 건 아무것도 아니야. 어떤 애 귓불을 만지

작거렸대. 완전 소름."

증언들은 시간이 지나면서 수위가 높아졌다.

"피아노를 치고 있는데 뒤에서 껴안았대."

"그건 아무것도 아니지. 피아노를 치는데 여기, 여기 허벅지를 막 더듬었다잖아."

"미쳤다."

학교는 발칵 뒤집혔다. 음악 선생님은 억울해했다. 얼마나 울었는지 팅팅 부은 눈으로 출근하기도 했다. 소문이 진실이 아니라는 걸 꼭 밝히겠다고, 물러서지 않고 끝까지 견딜 거라고 말했다. 하지만 얼마 지나지 않아 음악 선생님은 학교에 나오지 못했다. 학교에서 봤던 마지막 날 음악 시간에 음악 선생님은 그랬다.

"무슨 일이 있어도 나는 학교에 다시 돌아올 거고, 너희들을 만날 거야."

하지만 음악 선생님은 지금까지 학교에 나오지 못하고 있다. 소문으로는 아직도 진실을 밝히려고 싸우고 있는 중이라고 했다. 교육위원회 앞에서 1인 시위를 하고 얼마 전에는 대통령실 앞인가 어디서도 1인 시위를 했다는 말도 들었다. 누군가 지하철에서 음악 선생님을 우연히 봤는데 십 년은 폭삭 늙어 있었다고 했다.

음악 선생님에 대한 소문이 이온이에게서 시작되었다는 말이 돌기 시작한 건 2학년 겨울방학을 며칠 앞둔 때였고 음악 선생님이 학교에 나오지 못한 지 두 달 정도 지난 뒤였다. 음악 선생님에 대한 소문은 이온이가 만들어 낸 말이라고 했다.

"재수없어서 그랬대."

아이들이 아는 이유는 오직 하나, 음악 선생님이 이온에게 재수없게 굴어서였다는 것이다. 이해할 수 없었다. 음악 선생님은 피아노를 잘 치는 이온이를 예뻐했다. 내 눈에도 그게 보일 정도였다. 그리고 음악 선생님의 성격상 학생에게 재수없는 행동을 할 사람은 아니었다.

"이온이의 음모였어."

얼마 후 이온이의 음모론이 퍼지기 시작했다.

"야, 음악 선생님 억울해서 어떻게 하냐? 지금이라도 우리가 도와주어야 하는 거 아니냐?"

음모라는 구체적인 증거는 없었지만 다들 음악 선생님이 안타깝다고 입을 모았다. 하지만 도와줄 방법을 제시한 아이는 없었다.

곧바로 겨울방학이 시작되었고, 겨울방학이 끝나고 나서는 그 문제에 대해 다들 잊은 듯했다. 그리고 학년이 바뀌었다.

"나는 시연이 너도 물었어. 죽어도 안 놓는다는 거 기억해."

이온이가 내 눈을 똑바로 보며 한 마디 한 마디 힘주어 말하고는 돌아섰다. 미리가 이온이를 따라 음악실에서 나갔다.

쾅!

음악실 문이 부서져라 닫혔다. 무섭고 두려웠다. 나는 왜 그 날 이온이와 눈이 마주쳤을까.

체육 시간이었다. 아이들이 모두 강당으로 갔었고 나는 화장실에 들렀다 가느라고 좀 늦게 복도를 지나갔다. 그리고 무심코 교실로 고개를 돌렸을 때 이온이와 눈이 마주쳤다. 휴대폰을 들고선 초조하고 다급한 표정을 짓던 이온이와.

잠깐 보는 거야

"삼십 분 뒤에 너희 아파트 상가에 있는 빵집으로 오래, 이온이가. 그냥 웬만하면 시키는 대로 해라. 다시 한번 말하지만 뭐 별거겠어? 달달 볶이지 말고."

가방을 챙기는데 미리가 다가와 말했다. 이온이는 이미 교실 앞문을 나서고 있었다. 당황스러웠다. 내가 어디에 살고 있는지 그것까지 다 알아낸 거야? 절대로 뚫고 나갈 수 없는 그물에 걸린 느낌이었다. 아무리 파닥거려도 끊어지지 않는 질기고 질긴 그물이었다. 이온이 입안에서 피투성이가 되어 잘근잘근 씹히는 내 모습이 떠올랐다.

나는 화장실로 달려가 세수를 했다. 찬물로 얼굴을 씻어내도 정신이 들지 않았다. 혼이 반쯤은 빠져나간 듯한 거울 속 내 얼굴을 한참 동안 바라보다 화장실에서 나왔다.

잔뜩 흐린 하늘에서 눈발이 날리기 시작했다. 나는 점퍼 모자를 뒤집어썼다. 눈발이 날리는 운동장에서 아이들 몇몇이 농구를 하고 있었다. 여자아이도 한 명 있었고 유재도 있었다. 원래 유재 키가 저렇게 컸었나? 농구도 제법 하네.

그때 농구공이 내게 달려들었다.

"강시연, 공 좀 잡아서 던져줘."

유재가 손을 번쩍 들고 소리쳤다. 뭐야, 유재가 내 이름을 알고 있었다. 하긴 뭐 같은 반이 되고 한 달이 넘도록 아이들 이름도 모르는 내가 비정상이지.

"와, 강시연. 너 힘, 대단하다. 공 좀 던질 줄 아네. 하윤이보다 더 나은 거 같은데? 나중에 같이 농구 하자.

유재가 농구공을 받으며 소리쳤다. 유재 옆에 있던 여자아이가 나를 향해 손을 흔들었다. 나와 같은 초등학교를 나온 하윤이였다. 중학교에 와서는 줄곧 다른 반이어서 얼굴 볼 일이 거의 없었는데 오늘 보니 키가 많이 자란 거 같았다. 먼발치에서 보기에도 다리가 길었다. 활짝 웃는 얼굴은 작았다. 나는 서둘러 돌아섰다.

교문을 나서기 전 뒤돌아서서 다시 유재를 바라봤다. 눈발에 가려 유재 모습이 또렷하게 보이지 않았다.

이온이와 유재는 사귀는 사이라고 했다. 이 말도 이온이에게 들었다. 둘은 지난 겨울방학 때 같은 영어 학원을 다니면서부터 사귀기 시작했고 지금도 진행형이라고 했다.

'유재 좀 특이하네.'

겨울방학 즈음이면 음악 선생님 사건에 이온이가 관여되었다는 소문이 한창 뜨거울 때였다. 그런데도 이온이와 사귀고 싶은 마음이 생기나? 하긴 이온이가 예쁘긴 하지. 예쁘면 모든 게 용서된다는, 어떤 개그맨이 예능 프로에서 했던 말이 떠올랐다. 그 개그맨 그 발언으로 프로그램에서 짤렸다지, 아마. 시대에 한참 뒤지는 발언이라고. 유재도 그딴 사고방식을 가지고 있는 아이인가.

"뭔 상관?"

내가 상관할 일은 아니었다.

'아참.'

삼십 분 뒤라는 미리 말이 떠오르며 정신이 번쩍 들었다.

상가에 있는 빵집 앞에 도착했을 때는 삼십 분에서 십 분이 더 지나 있었다. 나는 조심스럽게 빵집 통유리 너머로 안을 살폈다. 이온이도 미리도 보이지 않았다.

'망했다. 기다리다 갔나 봐.'

앞이 캄캄했다. 음악실로 끌려가 당할 생각을 하자 한숨이 절로 나왔다.

"왔니?"

그때 누군가 내 어깨를 쳤다. 이온이였다. 부드럽고 다정한 웃음이 이온이 입가에 매달려 있었다. 음악실에서 마주하던 이온이와는 백팔십도 달랐다.

"들어가자."

이온이가 앞장서서 빵집 문을 열었다. 이온이는 쟁반에 빵을 주섬주섬 담아 들고 계산도 하지 않고는 한쪽 자리로 갔다. 나보고 계산을 하라는 뜻인가? 그래도 그렇지, 계산을 하려면 빵이 있어야 하는데. 나는 계산대와 이온이를 번갈아 바라보며 이러지도 저러지도 못한 채 서 있었다. 이온이가 와서 앉으라는 손짓을 했다.

"우리 가게야. 지난주에 우리 엄마가 인수했어. 곧 이 아파트로 이사 올 거야. 201동이라고 했던가."

"201동?"

"왜 그렇게 놀라? 201동하고 무슨 관련 있어? 201동 1302호라고 한 거 같은데."

눈앞이 샛노래졌다. 뒷목도 당겼다. 사람이 충격을 받으면 급사할 수도 있다던데 정말 그럴 수도 있을 거 같았다. 나는 눈을 질끈 감고 정신을 차리려고 애썼다.

"강시연, 너 되게 충격받았나 보다. 혹시 너희 집이 1301호니? 충격받을 거 없어. 그냥 해본 소리야. 이사 올 일 없어. 빵먹자."

이온이는 웃겨 죽겠다는 듯 큭큭거렸다.

우리 앞집으로 이사 올 일은 없다는 사실에 안심도 되었다. 하지만 이온이가 우리 집 동호수까지 알고 있었다. 누군가를 찜하고 그 사람에 대해 낱낱이 파헤치는 건 범죄 사건에 등장하는 그림이었다. 절대 빠져나올 수 없는 정글 깊이 끌려들어 가는 듯한 두려움이 밀려왔다.

"이제 네 생각을 묻는 건 못 하겠어. 인내심의 한계를 느꼈거든. 내가 참는 거 잘 못 해. 너는 내가 시키는 대로 해야 해, 무조건. 단도직입적으로 말할게. 강시연 네가 할 일은…… 유재 휴대폰을 몰래 갖고 오는 일이야."

"뭐?"

나는 내 귀를 의심했다.

"유재 휴대폰을 몰래 갖고 오는 일이라고."

이온이는 아무렇지도 않은 표정으로 마늘빵을 한 입 베어물었다. 바사삭! 소리가 났다. 내 마음속에서도 바사삭! 뭔가 부서지는 소리가 났다.

"하, 하지만. 그, 그건 버, 버, 범죄잖아. 남의 물건을 훔치는 건데."

"얘가 뭐래?"

이온이가 허공을 보며 피식 웃었다.

"범죄 좋아하네. 친구끼리 휴대폰 좀 잠시 빌려서 보는 건데 그게 무슨 범죄야. 잠깐 확인할 거 확인하고 도로 가져다 놓을 거야. 제자리에 가져다 놓기 힘들면 유재 사물함이나 교실 아무 데나 던져놔도 상관없어. 강시연, 빌리는 거지 훔치는 게 아니야."

"그, 그, 그래도 그건 곤란······."

이온이가 무섭고 두렵다고 해서 순순히 받아들일 문제는 아니었다.

"곤란하다는 거야? 남의 물건에 손을 대는 거라고 양심의 가책이 느껴지는 거냐?"

이건 양심의 가책과는 좀 다른 문제다. 도덕에 관한 문제다. 어린이집에 다닐 무렵부터 귀에 딱지가 앉게 들은 말이 남의 물건에 손대는 건 나쁜 짓이라는 말이었다.

"내가 하나 물어볼게."

이온이가 내 앞으로 얼굴을 비짝 들이밀었다.

"어떤 사람이 있어. 사회적으로 성공했고 돈도 많아. 기부도 엄청해. 명예도 있어. 누가 봐도 훌륭한 사람이야. 그런데 그 사람이 어느 날 텔레비전 〈명사와의 만남〉에 나왔거든. 〈명사와의 만남〉 알아? 뭐, 몰라도 상관없어. 덕망 있는 사람들을 초대해서 이야기를 나누는 텔레비전 프로그램이야. 그런데 그 사람이 그 프로그램에 나와서 중딩 때 일을 고백했어."

이온이는 숨을 골랐다가 다시 말을 이었다.

"어느 날 쉬는 시간에 어떤 아이가 친한 아이들에게 삼천 원이 있으니까 학교 끝나고 떡볶이를 먹으러 가자고 말했대. 그러면서 가방에서 삼천 원을 꺼내 흔들어 보였어. 그다음 시간은 체육이었고 그 사람은 다른 아이들보다 좀 늦게 운동장에 나갔어. 그 아이 가방에서 삼천 원을 훔치고 나서 말이야. 그사람은 훔친 삼천 원을 다 써버렸어. 그 사람은 〈명사와의 만남〉에 나와 고백을 하며 그 아이에게 공개 사과를 했어. 그리고 삼천 원의 수백 배 넘는 돈을 그날 어딘가에 기부한다고 발표했지. 남의 돈을 훔쳤는데도 미담으로 남은 거지."

나는 이온이를 힐끗 바라봤다. 지금 왜 저 이야기를 하는지 정확히 짚이는 부분이 없었다. 내가 유재 휴대폰을 몰래 가지고 오는 게 다음에 미담으로 남을 거라는 말은 아닐 테고 말이다. 그런데 그 사람은 왜 삼천 원을 훔쳤을까? 집이 가난했나? 아무리 가난해도 그렇지, 가난하다고 해서 모두 다 남의 돈을 훔치는 건 아니다. 그냥 그 사람은 도벽이 있었던 거지. 그리고 그 사람이 성공을 하고 나서 털어놓으니까 미담이 된 거지, 남의 지탄을 받는 찌질한 사람이었다면 그 고백을 들은 사람들은 뭐라고 했을까? 어렸을 때부터 싹수가 노랬다고 할 것이다. 그런데 왜 저 말을 하는 거지?

"그 사람은 돈을 훔쳤지?"

이온이가 물었다.

"돈을 훔친 걸 미담으로 남겼을 뿐이야. 기부라는 이름으로 미화시킨 거지. 강시연, 진짜 훔친 것도 끝을 어떻게 맺느냐에 따라 아름다운 이야기가 된다는 뜻이야. 그런데 잠깐 보고 곧 바로 제자리에 가져다 놓는 건데 뭐가 그렇게도 힘들어? 양심의 가책 같은 거 느낄 필요 없어."

이온이는 명사의 사연과 유재 휴대폰 이야기를 묘하게 연결시켰다. 아무리 생각해도 연결되지 않는 이야기인데 말이다.

"마음 편하게 먹으라고 하는 얘기야."

이온이가 힘주어 말했다.

"간단하게 생각해. 유재 가방에서 휴대폰을 꺼낸다. 그리고 나에게 준다. 나는 뭣 좀 확인한 다음에 다시 휴대폰을 너에게 준다. 그러면 네가 원래 자리에 가져다 놓는다. 이거야. 어때, 간단하게 생각하니까 별거 아니지?"

그렇게 간단하고 별거 아니면 저 스스로 하면 되는 거지 왜 나한테 이런담. 아니면 매일 꼬리처럼 이온이 뒤를 졸졸 따라다니는 미리한테 시키든가. 이건 절대 별거 아닌 일이 아니다.

"대답 좀 해라."

이온이가 미간을 찡그렸다.

"강시연, 나한테서 빠져나가는 게 가능하다고 생각해? 너는 나에 대해 너무 많은 걸 알고 있어. 절대 못 빠져나가. 쓸데없이 에너지 빼지 마. 그리고 그 얼굴 좀 펴. 남들이 보면 내가 너를 괴롭히고 있는 줄 알겠다."

이온이가 마늘빵을 꼭꼭 씹었다. 나를 저렇게 씹겠다는 뜻으로 보여 소름이 돋았다.

"우유도 마셔."

계산대에 있던 사람이 우유 두 컵을 들고 와 탁자 위에 내려놓았다.

"마셔."

이온이 목소리가 갑자기 부드러워졌다. 우유를 탁자 위에 올려놓던 사람이 나를 보고 싱긋 웃고 갔다.

"너 유재랑 사귄다고 하지 않았어? 그럼 유재한테 휴대폰 좀 잠시 보여달라고……."

나는 용기 내어 말했다.

"뭐? 푸웃."

이온이가 뿜어져 나오는 우유를 두 손으로 막았다.

"강시연 너 바보지? 하긴 순진한 그 점이 너무너무 좋지만. 내가 좀 전에 말했잖아. 유재 휴대폰에서 확인할 게 있다고. 당연히 유재 모르게 확인해야 한다는 뜻이지. 야, 아무리 바보지만 그 정도는 알아먹어야 할 거 아니니? 그날, 너 때문에 유재 휴대폰을 확인하지 못했거든. 패턴을 풀고 있는데 네가 나타나서 말이야. 그대로 유재 가방에 던져넣고 교실에서 나왔어. 솔직히 나도 그날은 좀 놀랐거든. 나는 우리 반 모두가 강당으로 갔을 거라고 여겼는데 갑자기 복도에 귀신처럼 나타나가지고 쳐다보는데 얼마나 놀랐는지. 너 때문에 일이 틀어졌으니까 네가 책임져야지. 우유 마셔. 안 마시면 내가 마신다."

이온이는 내 앞에 놓인 우유를 가져가 단숨에 마셨다.

"나, 우유를 되게 좋아하거든. 이 세상 우유를 모두 다 내가 마셨으면 좋겠다는 생각이 들 정도야. 어떤 때는 남들이 우유 마시는 걸 보면 막 배가 아파. 내 걸 뺏어서 마시는 거 같은 기분이 들어서. 시연이 너는 뭐 좋아하냐?"

뜬금없는 질문이었다. 목소리도 갑자기 부드러워졌다.

"뭘 잘 먹느냐고?"

이온이가 다시 물었다. 나는 고개를 숙인 채 대답하지 않았다. 여기서 왜 이런 질문이 나오는지 모르겠다. 저랑 나랑 뭘 좋아하는지 뭘 잘 먹는지 공유하는 사이는 절대 아니고 지금 분위기는 더더욱 그랬다. 사람을 불러다 앉혀놓고 협박을 하면서 저런 질문이라니. 혹시 애 사이코패스 아닌가? 이온이를 힐끗 바라보다 눈이 마주쳤다.

"언제든 먹고 싶은 거 있으면 말해. 그리고 유재 휴대폰은…… 내일이 좋겠어. 내일 진로탐구 강연회가 있는 날이잖아. 시청각실에 갈 때 당연히 휴대폰은 두고 갈 거니까."

"아니, 나는."

"강시연, 네 휴대폰 번호 불러봐."

이온이는 내 휴대폰 번호를 저장했다.

"이건 포장해서 가라."

무슨 말이라도 해야 할 거 같아 입을 오물거리는데 이온이가 서둘러 일어났다. 그리고 남은 빵을 봉투에 넣어 내 손에 들려주었다.

"이온아, 엄마랑 같이 저녁 먹을래?"

계산대 앞에 서 있던 사람이 물었다. 이온이 엄마인 모양이었다. 이온이는 대답하지 않았다. 대답 대신 내 어깨에 손을 올렸다. 당황했지만 뿌리치지는 못했다.

"아씨, 날씨 더럽게 춥네. 4월 맞아? 나는 흐린 날은 딱 질색이야."

밖으로 나왔을 때도 눈발은 여전히 내리고 있었다. 이온이는 하늘을 바라보며 짜증을 냈다.

딱 한번만!

변명이라도 좋았다. 나는 이온이와 맞설 힘이 없었다. 매일 이온이에게 시달리는 것도 지겨웠다. 졸업까지는 아직도 까마득했고 또 이온이 집이 어딘지는 모르지만 어쩐지 이온이와 같은 고등학교에 갈지도 모른다는 불길한 예감도 들었다. 불실한 예감은 늘 비껴가지 않고 정면으로 들이닥친다.

나는 이온이가 시키는 대로 하기로 마음먹었다.

'그래, 도로 가져다 놓는다잖아. 이온이 말대로 간단하게 생각하자. 이번 딱 한 번만 이온이가 시키는 대로 하자. 그리고 이온이한테 말하는 거야. 이젠 나를 네 입에서 뱉어내 달라고.'

아침에 학교 갈 준비를 하며 내 마음이 흔들리기 전에 이온이에게 톡을 보냈다.

―오늘 진로탐구 강연 시간에…….

―잘 생각했어.

집을 나서는데 이온이에게 톡이 왔다.

어제보다 따뜻하긴 했지만 여전히 흐렸다. 비든 눈이든 한바탕 쏟아질 날씨였다. 바람도 축축했다.

진로탐구 강연회는 5, 6교시였다. 나와 이온이는 4교시가 끝날 때까지 단 한 번도 눈을 마주치지 않았다. 하지만 이온이의 눈길이 나에게 향하고 있다는 걸 나는 알 수 있었다. 가끔 뒤통수가 따끔거렸고 목덜미가 싸했으며 등이 뜨거웠다.

급식은 건너뛰고 싶었지만 그럴 수가 없었다. 알리바이가 중요하다. 유재 휴대폰이 없어지면 우리 반 전체가 용의자가 된다. 그리고 용의자들의 알리바이는 아주 중요하다. 아무도 없는 교실에 혼자 남아 있었던 아이! 당연히 의심받을 거다.

나는 밥을 대충 몇 숟가락 퍼서 입에 넣고 일어났다. 할 일 없이 화장실에 가서 한참을 서성거리다 늦게 교실로 돌아왔다.

시간이 지나면서 심장이 터질 듯 뛰기 시작했다. 등줄기를 타고 땀이 흐르다가 어느 순간 한기가 들기도 했다. 긴장의 최고점이 어디인지 실감할 수 있었다.

"5, 6교시는 진로탐구 강연이야. 너희들은 학교의 얼굴이야. 강연 들을 때 꼭 코까지 골며 자는 애들 있어. 정말 창피한 일이야. 제발 부탁한다. 코 골며 자지 마. 원래는 너희들에게 '피가 되고 살이 되는 좋은 강연이니까 한 마디도 놓치지 말고 귀담아 들어야 한다!' 이런 말을 해야 하는데 코 골며 자지 말라는 말을 해야 하는 현실이 참으로 참담하다. 에휴. 뛰지 말고, 소리도 지르지 말고 조용히 시청각실로 이동."

담임이 교실에서 나가자 유재가 벌떡 일어났다.

"야, 오늘 자는 사람 벌금 내기 할까? 벌금 모아서 여름방학 직전에 파티하는 거 어때?"

"유재 쟤는 1학년 때부터 벌금 엄청 좋아해."

누군가 말했다.

"모르는 말씀. 유재는 초딩 때부터 그랬어. 초딩 3학년 때부터 쭉 반장에 전교회장이었는데 그때도 벌금 좋아했어. 오죽하면 별명이 벌금 회장이었겠냐?"

"그래도 재미있기는 히디. 파티한다잖아. 나는 찬성!"

"나도 찬성! 아무리 코 골며 자지 말라고 주의 주면 뭐 하나? 귓등으로도 듣지 않는데. 학교 얼굴이 뭐가 중요하겠어? 벌금을 때리는 게 최고지. 파티 메뉴는 수제 버거 어떠냐?"

아이들은 금세 유재 의견에 찬성했다. 남자 아이들이 우르르 화장실로 몰려가 세수를 하고 나왔다.

이온이가 교실에서 나가며 내 어깨를 슬쩍 쳤다. 눈앞도 머릿속도 캄캄해졌다. 내가 어쩌다가 이런 일에 연루되었는지 서

러움이 몰려들기도 했지만 신세 타령이나 하고 있을 상황이 아니었다.

나는 화장실로 갔다가 밖이 조용해지고 나서야 나왔다. 아이들이 복도 끝으로 사라지고 있었다. 나는 재빨리 교실로 들어가 망설임 없이 유재 자리로 갔다. 유재 가방에서 휴대폰을 꺼내는데 다리가 후들거려 그 자리에 주저앉을 뻔했다. 무슨 정신으로 유재 가방을 뒤졌는지 모르겠다. 땀이 흐르고 숨이 찼다. 숨이 턱까지 차올랐을 때 유재 휴대폰은 내 손에 있었다. 나는 휴대폰을 주머니에 넣고 시청각실을 향해 달렸다. 아이들이 반별로 자리를 찾아 앉고 있었다.

자리에 앉아서도 후들거리는 다리는 진정되지 않았다. 두 시간 내내 나는 다리를 떨며 앉아 있었다.

유재는 휴대폰이 없어진 줄도 몰랐다. 수업이 모두 끝나고 집에 갈 때까지도 확인하지 않았다. 무슨 급한 일이 있는지 유재는 제일 먼저 교실에서 나갔다. 유재가 나가고 나서 나와 이온이의 눈이 마주쳤다. 이온이가 자리에서 일어나자 미리가 따라 일어났다. 이온이는 교실에서 나가며 따라오라는 눈짓을 보냈다. 나는 이온이와 미리를 따라 음악실로 갔다.

이온이는 유재 휴대폰 패턴을 간단하게 풀었다.

"와, 대박! 이래서 패턴은 위험해. 얼굴 인식이 제일이라니까."

미리가 감탄했다.

이온이는 유재 휴대폰에서 뭔가를 찾더니 집중했다. 미리가 슬그머니 유재 휴대폰으로 눈을 돌렸다.

"회장단 채팅방이네?"

미리가 중얼거렸다. 이온이는 한참을 더 집중하더니 채팅방에 뭔가를 썼다.

"어어어, 그래도 돼? 그러면 유재가 보낸 톡이 되는 건데?"

미리가 놀라서 물었다.

"자."

이온이는 미리 말에는 대답하지 않고 유재 휴대폰을 내게 내밀었다.

"도로 돌려줘. 내일 유재 가방에 넣든 아니면 지금 교실 어디에 던지고 오든."

이온이는 내 손에 유재 휴대폰을 쥐여주고는 음악실에서 나갔다.

내일까지 기다렸다가 유재 가방에 넣는 것은 위험하다. 나는 오늘 당장 처리하기로 마음먹었다. 나는 음악실에서 시간을 보내다 나왔다.

교실은 텅 비어 있었다. 나는 내 사물함으로 가서 뭔가를 찾는 척하며 유재 사물함을 바라봤다. 오늘 아침에 학교에 오자마자 유재 사물함 위치를 봐두었다. 나는 유재 사물함에 휴대폰을 집어넣었다.

복도를 지나고 계단을 내려와 현관을 나설 때까지 정신이 없었다. 교문을 나서고 나서 갑자기 눈물이 왈칵 쏟아졌다. 마치 악몽을 꾼 거 같았다. 나는 길 한쪽으로 비켜서서 분식집 담벼락에 몸을 기댔다. 악몽이라도 좋다. 몇 시간 동안 시달리는 악몽이라도 좋다. 내가 한 짓이 꿈속에서 한 짓이었으면 좋겠다.

싸늘한 바람을 쐬고 나자 서서히 정신이 들었다. 모든 건 꿈이 아니라 현실이었다.

'괜찮아. 돌려주었잖아.'

나는 나 자신을 위로했다. 하지만 휴대폰을 돌려줬어도 찜찜한 것이 있었다. 이온이가 회장단 단톡방에 올린 톡 내용은 뭘까? 그게 나중에 큰 문제가 되는 건 아닐까, 불안했다.

나는 학원에도 가지 않고 곧장 집으로 돌아왔다.

"시연아, 왜……."

현관문을 열자 엄마가 놀라서 물었다.

"아파, 아파서 학원 못 가겠어."

나는 아프다는 핑계를 댔다.

"어디가? 열나?"

엄마가 놀라서 내 이마를 짚으려고 했다. 나는 엄마 손을 힘껏 뿌리쳤다.

"시연이 너 왜 그래?"

엄마가 놀랐다.

"내가 뭘?"

"엄마가 열나는지 보려고 그러는 건데 왜 그렇게 까칠하게
굴어? 그게 엄마한테 할 행동이야? 요즘 너 왜 그래?"

"내 행동이 뭐 어때서?"

모든 게 다 귀찮았다. 엄마의 관심도 걱정도. 나는 방으로 들
어와 문이 부서져라 닫았다.

침대에 엎어졌다. 내가 왜 엄마한테 화풀이를 하는지 모르
겠다. 그러지 말아야겠다고 생각하는데도 어느 순간 이러고 있
다. 갑자기 엄마가 불쌍하다는 생각이 들었다.

"엄마. 나, 열은 없어. 그러니까 걱정하지 마."

나는 방문을 열고 소리쳤다.

"열이 안 난다니 그나마 다행이다. 좀 쉬어."

엄마가 주방에서 내다보며 웃었다.

나는 내 감정을 마구잡이로 표출하고 싶지 않다. 특히 엄마
에게는. 엄마는 다른 이의 감정을 받아내는 감정 쓰레기통이
아니다. 엄마는 오빠가 멋대로 쏟아놓은 감정에 흔들려 몸을
추스르기도 힘들 거다. 겉으로 표만 내지 않을 뿐이다. 오빠를
떠올리자 속이 울렁거렸다. 이런 감정을 뭐라고 해야 하나, 오
빠가 걱정되고 밉기도 했다. 화가 나면 차라리 어디선가 팍 죽
어버렸으면 하는 생각이 들때가 있다. 무서운 뉴스라도 보는

날에는 오빠에게 무슨 일이 생기면 어쩌나 잠도 못 자고 걱정한다. 정반대의 생각을 하는데도 오빠를 떠올리면 속이 울렁거린다. 늘 불안해하고 산만하던 오빠의 모습이 내게 전염되는 듯한 느낌이 든다. 오빠는 지금 어디에 있을까? 오빠가 학교를 잠시 쉬고 자신을 찾겠다며 집을 나간 지 벌써 한 달이 넘었다. 엄마는 기막혀 했고 아빠는 엄마를 원망했다. 모든 게 다 엄마 탓인 듯 몰고 갔다.

'이러지 말자.'

침대에 엎드려 설핏 잠이 들었다. 침을 질질 흘리고 있다는 느낌과 나지막하게 코를 골고 있다는 느낌도 들었다. 그래서 알았다. 내가 잠이 들었다는 것을. 내가 잠이 들었다는 걸 알면서도 한편으로는 의문이 생겼다. 내가 잠이 든 걸 내가 대체 어떻게 아는 거지? 잠들면 모르는 게 정상 아닌가?

그런 상황에서 나는 꿈을 꿨다.

유재가 철조망 안에 갇혀 있었다. 사방으로 쳐진 철조망은 높고 견고했다. 유재는 철조망을 걷어내고 그곳에서 나오려고 안간힘을 썼지만 소용없었다. 손만 피투성이가 될 뿐이었다. 유재가 소리쳤다. 끓는 듯한 처절한 목소리였다.

이온이가 철조망 밖에서 유재를 지켜보고 있었다. 표정 없는 건조하고 마른 얼굴이었다. 그리고 이온이 뒤에는 내가 서 있었다. 나는 울고 있었다. 소리를 죽이고 울던 내가 서서히 울음

소리를 높였다. 그리고 어느 순간 온몸을 들썩이며 울었다.

"시연아."

누군가 나를 쳤다. 소스라치게 놀라 눈을 번쩍 떴다. 캄캄했다. 여긴 어디지? 나는 고개를 들었다. 침대가 서서히 눈에 들어왔다.

"시연아. 저녁 먹자. 죽 끓였어."

엄마가 침대 옆에 서 있었다.

"잘 깨웠어."

나는 자리에서 일어났다.

"응?"

"잘 깨웠다고."

엄마가 깨우지 않았다면 그 상황이 계속되었을 거다. 피투성이가 된 유재 손을 보며 울어야 했을 거다.

"그래? 배고팠니 보구나? 아픈 게 좀 나아졌나 보네. 다행이다. 죽 가지고 올까? 방에서 먹을래?"

"아니, 나갈게."

아빠가 식탁 앞에 앉아 밥을 먹고 있었다.

"국 더 줄까?"

엄마가 거의 다 비어 있는 아빠 국그릇을 보고 물었다.

"시후한테 연락 왔었냐고. 사람이 뭘 물어보면 대답을 해야 할 거 아니야."

아빠는 다른 말을 했다.

"안 왔어. 연락이 왔으면 내가 먼저 말을 했겠지. 국 더 줘?"

아빠는 대답하지 않았다. 대답 대신 숟가락 소리를 요란하게 냈다.

"국 더 먹을 거냐고?"

엄마가 아빠 국그릇을 집어들었다.

"안 먹는다잖아. 안 먹는다는데 왜 자꾸 그래?"

나는 나도 모르게 소리를 빽 질렀다. 아빠의 만행을 그냥 보고 넘길 수가 없었다. 사람이 뭘 물어보면 대답을 해야지, 왜 대답을 안 한담. 더 먹을 거면 더 먹을 거다, 안 먹을 거면 안 먹는다, 그깟 한 마디 하기가 뭐 그리 힘들다고. 사람 애먹이고 엿 먹이는 방법도 여러 가지다.

"강시연. 너 뭐 하는 짓이야?"

아빠가 눈을 부릅뜨고 나를 쏘아봤다.

"사춘기잖아, 사춘기."

엄마가 황급히 끼어들었다.

"사춘기가 무슨 벼슬이야? 시후도 그렇게 오냐오냐 받아주다가 그 모양이 되었잖아."

아빠가 소리쳤다. 또 모든 게 다 엄마 탓이었다.

"소심하고 쪼잔하고 유치해서 못 봐주겠네."

나는 혼잣말처럼 중얼거리며 자리를 박차고 일어났다.

"요즘은 초딩들도 이렇지 않아. 남한테 다 뒤집어씌우는 그런 짓 하지 않는다고. 오빠 일이 왜 다 엄마 탓이야? 그리고 오빠가 뭐 어떻게 되었는데? 그 모양이 어떤 모양이냐고."

나는 집에서 뛰쳐나왔다.

빗방울이 떨어지고 있었다.

"안 돼, 내놔. 아무거나 주워 먹으면 안 돼."

웬 여자가 하얀 강아지한테 질질 끌려 뛰어오고 있었다. 작은 강아지는 아주 맹랑하고 용감했다. 나를 보고도 비켜 갈 생각도 하지 않고 돌진했다. 어쩔 수 없이 내가 비켜주었다.

"학생, 미안해. 입에 있는 거 뱉어, 뱉어."

여자가 고래고래 소리 지르거나 말거나 강아지는 들은 척도 하지 않았다.

한참 후에 집으로 돌아온 후에 이온이가 보낸 문자를 확인했다.

−돌려주었지?

−응.

내 발목을 잡을 수도 있다

내가 교실로 들어설 때 유재는 휴대폰을 하고 있었다. 얼굴이 평온했다. 어제저녁에 유재는 휴대폰이 없어진 걸 알았을 거다. 그리고 오늘 아침 사물함에서 발견했겠지. 표정으로 봐서 원래 사물함에 넣어두고 자기가 잊고 있었다고 생각했던 거 같았다.

'회장단 단톡방에 아무 일도 일어나지 않았나? 이온이가 뭐라고 썼는데 그게 문제가 되지 않았나? 유재가 단톡방에 들어가 봤으면 자신이 올린 글이 아니라는 걸 알 텐데. 아니지, 이온이가 자신이 올린 부분을 삭제했을 수도 있지.'

하지만 삭제를 해도 그 톡을 본 아이들이 답을 한다거나 질문을 한다거나 그런 일이 있을 수도 있다. 너무나 평온한 유재 모습이 점점 더 불안하게 느껴졌다.

'강시연. 그만! 불안해하지 마. 아무 일도 일어나지 않으면 된 거지, 그걸 왜 불안해해?'

나는 내 마음을 다독였다. 이건 소심함의 증거다. 대범하게 '문제가 된 게 없었군' 이러고 생각하고 말면 될 것을.

이온이는 수업을 시작하기 직전에 왔다. 이온이는 교실로 들어서며 유재를 한번 바라봤다.

'그런데 이상해.'

나는 왜 단 한 번도 이 문제에 대해 의문을 갖지 않았을까. 이온이는 유재와 사귄다고 했다. 그런데 유재와 이온이는 왜 저렇게 조용한 거지? 보통 사귀는 아이들은 요란스럽다. 초등학교 때도 그런 애들이 꽤 있었다. 사귀기 시작하면 온 천하에 알리려는 듯 떠들썩하다. 사귀기 시작한 지 100일이라도 되면 국경일처럼 태극기를 달 기세다. 관심은 없지만 중학교에 와서도 그런 애들이 있었다. 듣고 싶지 않은데 얼마나 요란을 떠는지 저절로 알게 되었다. 그런데 유재와 이온이는 왜 저렇게 조용할까. 생각해 보니 둘이 같이 있는 장면도 본 적이 없었다.

'비밀 연애 하나?'

나는 소설을 쓰다 머리를 흔들었다. 비밀 연애를 하든 공개 연애를 하든 내가 상관할 바가 아니었다. 나는 이제 이온이에게 입안에 있는 나를 뱉어내 달라고 부탁하면 되는 거다. 그리고 이온이가 올린 톡으로 인해 앞으로도 쭉 아무 일도 일어나지 않기를 간절히 바라는 거다.

 −학교 끝나고 만났으면 좋겠어. 시간은 4시 이후면 좋겠고 장소는 네가
  괜찮은 곳으로 정해.

수업이 끝나고 이온이에게 톡을 보냈다. 이온이가 원하는 걸 해줘서인지 용기가 생겼다.

 −4시에 빵집으로 와.

이온이에게 답이 왔다.

이온이는 빵집에 들어서자마자 정면으로 보이는 자리에 앉아 우유를 마시고 있었고, 이온이 엄마는 계산대 앞에 서서 이온이를 바라보고 있었다. 계산대는 이온이가 앉은 자리 뒤에 있어서 이온이는 자기 엄마가 쳐다보고 있는 걸 모를 거다. 뭔가 딱 꼬집어 말할 수는 없지만 둘 사이에 서먹한 기운이 흐르고 있었다.
"왜?"
이온이는 내가 자리에 앉기도 전에 물었다.

"그게…… 그게 있잖아."

"응. 말해."

이온이는 차분했다. 학교 안에서 봤던 이온이와 학교 밖에서 보는 이온이 중에 어떤 게 진짜 이온이 모습인지 헷갈리고 궁금했다.

"나를 이제 뱉어내 줬으면 좋겠어."

"뱉어내라고?"

"한번 물면 잘근잘근 씹는다고 했잖아? 네가 시키는 대로 했으니까 그만 나를 놔달라고."

나는 두 눈을 한 번 질끈 감았다 뜨고는 숨도 쉬지 않고 빠르게 말했다.

"그래. 알았어."

이온이는 망설이지 않고 대답했다. 너무 시원스럽게 대답해서 도리어 내가 당황스러울 정도였다. 이온이는 평온한 표정으로 우유를 마저 마셨다.

나는 이온이에게 다짐을 주고 싶었다. 너 지금 한 말 잊지 마, 정말 놔주는 거다, 다른 말 하기 없기다, 하지만 그렇게 하는 게 도리어 역효과를 낼 수도 있다는 생각이 들었다. 그리고 또 그렇게 조목조목 다짐을 줄 용기도 솔직히 없었다.

"그럼 가볼게."

나는 자리에서 일어났다.

"잠깐! 같이 가자."

이온이가 주섬주섬 가방을 멨다.

빵집을 나올 때 이온이 엄마가 이온이에게 무슨 말인가 하고 싶어하는 눈치였지만 이온이는 자기 엄마를 쳐다보지도 않았다.

"오늘 날씨 죽이네. 나는 이렇게 화창한 날이 좋더라."

이온이는 하늘을 향해 두 팔을 벌렸다.

"안녕."

이온이는 쿨하게 인사까지 하고는 큰길을 건너갔다. 길을 건넌 이온이가 보이지 않고 나서야 나는 뒤돌아섰다. 빵집 안에서 이온이 엄마가 이온이가 사라진 곳을 멍하니 바라봤다.

'둘이 싸웠나?'

분위기로 봐서 그럴 확률이 높다. 엄마와 딸은 이상한 관계다. 세상에서 제일 친한 거 같으면서도 수시로 싸우고 다툰다.

상가를 돌아 아파트 공원을 가로질러 집으로 걸어갈 때였다.

"뱉어, 뱉어."

어디선가 다급한 목소리가 쩌렁쩌렁 울렸다. 어제 강아지에게 질질 끌려가던 그 여자였다. 그 여자가 강아지를 안고 벤치에 앉아 있었다. 여자는 강아지 입을 벌리려고 안간힘을 썼고 강아지는 입을 벌리지 않으려고 애썼다.

'강아지가 뭘 자꾸 주워 먹는 스타일이면 입마개 같은 걸 하고 나오면 안 되나? 아니면 야단을 치면서 입을 확 벌리게 하든가. 강아지가 주인을 무시하는 경향이 있어 보이네.'

여자는 겨우 강아지 입안에 있는 걸 빼내는 데 성공했다.

"아프면 또 병원 가야 하잖아. 매일 병원 가면 좋아? 검사하고 주사 맞고 약 먹는 거 너무 힘들잖아, 병원 가지 말고 지내야지. 그치?"

여자가 강아지를 꼭 안았다. 평소에도 강아지가 병원을 자주 가는 거 같았다. 여자는 강아지 머리를 하염없이 쓰다듬었다.

집으로 돌아와 오랜만에 편한 기분으로 간식을 먹었다.

"기분 좋아 보이네?"

엄마가 말했다. 그 말에 갑자기 기분이 팍 상했다.

"엄마는 남의 눈치 보는 것 좀 하지 마."

나는 쏘아붙였다. 엄마에게 이러지 말아야겠다고 생각은 하는데 내 의지대로 말이 나가지 않았다.

"어머. 엄마가 딸 눈치를 보는 건 당연한 거야."

엄마가 웃었다. 웃긴 일도 아닌데 웃으니까 그것도 기분이 나빴다.

"아빠 눈치도 보잖아? 잘못한 것도 없으면서."

"그것도 당연한 거야. 이 험한 세상에 밖에 나가서 돈 벌어오잖아. 별걸 다 갖고 트집이네."

엄마가 얼버무리며 뒤돌아섰다. 돈은 우리 아빠만 버는 게 아니다. 세상의 아빠들 대부분이 험한 세상에 나가 돈을 번다. 그렇다고 해서 세상의 모든 엄마들이 엄마처럼 눈치 보며 살지는 않는다.

"아무튼 눈치 보지 마. 누군가 내 눈치를 보는 거, 그거 기분 별로야."

나는 한 마디 더 하고는 방으로 들어와 버렸다.

'오늘도 아무 일이 일어나지 않기를.'

나는 심호흡을 한 다음 교실로 들어섰다.

유재는 아이들 두어 명과 마주 보고 서서 이야기를 나누고 있었다. 재빨리 유재 표정을 살폈다. 별문제 없어 보였다.

'엄마한테 눈치 보지 말라고 해놓고는 내가 유재 눈치를 보고 있네. 이온이가 글을 올리고 벌써 이틀째인데 아무 일도 없다는 건 별일 아니라는 뜻이야.'

이온이는 미리와 이마를 맞대고 있었다. 무슨 재미있는 말이라도 하는지 둘 다 웃고 있었다. 그 모습을 보자 마음이 편해졌다.

쉬는 시간에 미리가 내 옆을 지나가며 뭔가를 책상 위에 던졌다. 립스틱이었다. 스위스인지 어딘지에서 수입하는 제품인데 한 번도 안 써본 사람은 있어도 한 번만 써본 사람은 없다는 제품이었다. 바른 듯 안 바른 듯 자연스러움을 추구하는 립스틱이라고 대한민국 중학생들 사이에서 최고의 찬사를 받고 있다는 바로 그 제품.

'이거 왜?'

나는 미리를 바라보다 이온이와 눈이 마주쳤다. 이온이가 줬구나.

'이건 받아서는 안 돼.'

이건 유재 일에 대한 대가다. 이런 대가는 받아서는 안 된다. 받아서는 안 되는 대가는 뇌물과 같다. 뇌물을 잘못 받으면 망한다. 아빠 친구 중에 뇌물을 받는 바람에 하루아침에 망한 사람이 있다고 했다.

"배짱 있는 거처럼 남이 주는 거 척척 잘도 받았지. 나는 간이 쪼그라들어서 감히 받을 생각도 하지 못하는 걸 말이야. 그거 받아서 잘 먹고 잘 쓰더라고. 골프도 외국으로만 가고 말이야. 그러다 딱 걸린 거지. 서류를 조작해서 뭘 지을 수 없는 곳에 긴물을 짓게 해준 대가로 받은 세 탈이 난 거지. 살난 척하더니 내가 그럴 줄 알았어. 소심해서 뇌물 쪽은 곁눈으로도 못 보는 내가 마음 편히 사는 거야."

아빠도 아빠가 소심하다는 걸 알고 있었고 그 아저씨 사건이 터진 후 한동안 소심하다는 걸 자랑처럼 말했었다.

만약, 유재에게 문제가 생긴다면 이 립스틱이 내 발목을 잡을 수도 있다. 나를 통째로 잡아먹는 커다란 해일이 될 수도 있다.

나는 립스틱을 도로 이온이에게 돌려주기로 마음먹었다. 이온이에게 오후 4시에 빵집에서 만나자는 문자를 보냈다. 이온이를 다시 만나고 싶지는 않았지만 어쩔 수 없었다. 그렇다고 해서 학교에서 돌려주는 건 위험했다. 이온이도 그렇게 생각할 거 같았다.

약속한 적 없어

이온이는 나타나지 않았다.

-빵집에서 기다리고 있어.

나는 기다리다 못해 문자를 보냈다. 이온이에게 답이 오지 않았다.

'무슨 일이 있는 건가?'

나는 계산을 하고 있는 이온이 엄마를 바라봤다. 오늘 이온이에게 무슨 일이 있는지 가서 물어볼까? 둘이 싸웠던 거 같은데 화해는 했나? 화해하지 않았는데 내가 자기 엄마한테 말을 건 걸 이온이가 알게 되면 화를 낼까? 생각이 복잡했다.

그냥 앉아 있기 그래서 밤빵 하나와 우유를 샀다.

–못 오는 거니?

나는 이온이에게 다시 문자를 보냈지만 여전히 답이 없었다. 전화를 했지만 전화도 받지 않았다.

한 시간을 넘게 기다리다 일어났다.

"이온이랑 만나기로 했던 거니? 이온이가 약속을 안 지킨 거야?"

밖으로 나오는데 이온이 엄마가 물었다.

"무슨 일이 생겼나 봐요. 이온이 오늘 여기에 오나요?"

"글쎄다. 아! 점퍼 놓고 갔으니까 가지러 오겠다. 요즘 날씨가 널을 뛰잖니. 어떤 날은 한겨울처럼 춥다가 어떤 날은 초여름처럼 덥고. 어제는 꽤 더워서 점퍼를 잊고 갔어. 오늘은 쌀쌀한데 학교 갈 때 뭐 입고 갔는지 모르겠네. 저 점퍼를 엄청 좋아하는 거 같던데. 저 점퍼만 입고 다니던데 말이야."

"그럼……."

나는 주머니에서 립스틱을 꺼냈다. 오늘은 금요일이다. 토요일, 일요일 이틀 동안 이걸 갖고 있으면 밤새 잠도 못 잘 거다.

"이거 이온이한테 전해주세요."

"학교에서 이온이한테 직접 주지 그러니?"

"오늘 꼭 줘야 되거든요."

나는 립스틱을 계산대 옆에 올려놨다.

"하지만 이온이가 오늘 올지 안 올지 확실하지도 않은데……."

나는 이온이 엄마 말을 끝까지 듣지 않고 고개를 숙여 보이고 빵집에서 나왔다. 오늘 이온이가 빵집에 오지 않아도 밤에 이온이 엄마가 집에 가서 전해주면 되는 거다.

립스틱이 없는 주머니 속은 한결 가벼웠고 내 마음도 가벼웠다. 나는 가벼운 마음으로 간식을 챙겨 먹고 6시에 수학 학원에 갔다.

"중3이면 고등학교 수학까지 선행해야 해. 중2 때 수능 문제 푸는 아이들도 많아."

스트레스 팍팍 받게 만드는 수학 선생님의 말도 웃으면서 들어 넘길 수 있었다.

'오늘 저녁은 컵라면이랑 삼각김밥 먹고 가야겠다.'

이상하게 기분이 괜찮은 날 나는 라면이 당긴다. 엄마에게 문자를 보내려고 휴대폰을 꺼내드는 순간이었다.

"헉."

들이쉬던 숨이 가슴 중간에 꽉 걸렸다. 부재중 전화가 열 통도 넘게 와 있었다. 이온이였다.

−당장 전화해.

−전화하라고.

전화하라는 문자도 몇 개나 와 있었다. 무슨 일이 터진 게 분명한데 무슨 일일까?

드르르륵, 드르르륵.

그때 휴대폰 진동이 울렸다. 나는 너무 놀라 휴대폰을 바닥에 떨어뜨렸다. 이온이였다. 바닥에서 요란하게 흔들리는 휴대폰을 멍하니 바라보다 겨우 집어들었다.

"야."

전화를 받자마자 이온이가 소리쳤다.

"립스틱 누가 거기다 맡기랬어? 누가?"

"네가 안 와서."

"내가 언제 거기 간다고 했어? 나는 너하고 약속한 적이 없잖아."

이온이 목소리가 쩍쩍 갈라졌다.

"내가 문자 보냈잖아. 4시에 빵집에서 보자고."

"그건 네가 일방적으로 보낸 문자잖아. 내가 그러겠다고 했어? 약속했느냐고? 내가 답문자를 보내지 않은 건 약속하지 않겠다는 뜻인데 바보니? 그런 것도 몰라?"

이온이는 숨도 쉬지 않고 퍼부어댔다. 말이 점점 더 빨라져서 무슨 말인지 도무지 알아들을 수 없었다. 멍했다. 내가 약속을 한 거로 착각을 해서 기다리다 립스틱을 이온이 엄마한테 주고 온 거라고 치자. 그래도 그렇지, 그게 저 정도로 악을 바락바락 쓰며 화를 낼 일인가.

'자존심이 상했나? 자기가 준 걸 도로 반납해서?'

이온이를 이해할 수는 없었지만 경우에 따라 그럴 수도 있겠다고 생각하기로 했다.

"미안해. 나는 립스틱 받을 수가 없었어. 왜냐하면 유재 휴대폰, 그 일로 너한테 뭘 받으면 안 될 거 같아서. 그리고 돌려주려면 빨리 돌려주어야 할 거 같아서."

나는 솔직하게 말했다.

"그러면 나한테 직접 줘야지, 왜 네 멋대로 행동하냐고? 에이 씨, 맨날 그런 거나 사고 쓰는 그런 아이인 줄 알 거 아니야."

이온이는 립스틱을 돌려준 것에 대해 따지는 게 아니라 립스틱을 자기 엄마한테 맡겨놓은 것에 대해 따지고 있었다. 뭘 대단한 걸 들킨 것처럼 말이다. 요즘 립스틱을 쓰지 않는 아이들은 거의 없다. 이온이 엄마는 그런 걸 허용하지 않는 걸까.

"너희 엄마가 밤에 집에 가면 전해줄 수 있다고 생각해서 그런 거야. 미안해."

이온이는 한참을 더 악을 쓰다 전화를 끊었다. 펄펄 끓는 물에 빠졌다가 얼음물로 들어간 것처럼 나는 한참 동안 정신을 차릴 수가 없었다.

지옥 같은 토요일과 일요일을 보냈다. 아무것도 할 수 없었다. 월요일이 다가오는 게 두려웠다.

우연한 만남

월요일 새벽부터 비가 추적추적 내렸다. 짙게 내려앉은 하늘만큼 내 마음도 우중충했다. 하필이면 오늘 날씨가 이럴 게 뭐람. 학교를 가는 내내 날씨를 원망하다 헛웃음이 났다. 나 자신이 한심하다는 생각이 스치고 지나갔고 내가 한없이 작고 초라하게 느껴졌다. 할 수만 있다면 어디론가 흔적도 없이 사라지고 싶었다. 먼지처럼 폴폴 날아서.

나는 교문을 들어서지 못하고 한참을 서 있었다.

'어서 들어와. 오늘 최악의 날이 기다리고 있을 테니 기대하시고!'

입을 떡 벌린 교문이 이렇게 말하는 거 같았다.

'그냥 두 눈 감고 두 귀 닫고 있자. 이온이가 뭐라거나 말거

나 입 다물고.'

나는 결심을 굳힌 다음 교문을 들어섰다.

교실 분위기가 좀 이상했다. 아이들이 삼삼오오 모여 숙덕거리고 있었는데 다른 날과 뭔가가 달랐다. 나는 뭐라도 얻어들으려고 귀를 기울였다. 유재가 어쩌고저쩌고! 유재 이름이 들렸다. 순간 가슴이 철렁했다. 유재 자리는 텅 비어 있었다. 나는 이온이를 바라봤다. 이온이는 책을 펴놓고 책에 코를 박고 있었다.

'이온이가 올린 글이 문제가 된 건가.'

내 귀는 자꾸만 아이들에게 향했다. 유재 이름은 계속 등장했지만 휴대폰 이야기는 들리지 않았다.

"안녕! 비는 내리지만 좋은 아침!"

유재가 교실 앞문으로 들어왔다. 수근대던 아이들은 삽시간에 입을 다물었고 교실은 고요해졌다.

"야, 나유재. 너 대체 어떻게 된 거야?"

그때 모여서 수근대던 아이 중에 한 명이 물었다. 쟤 이름이 뭐였더라? 생각이 날 듯 말 듯 했다.

"뭐가 어떻게 돼?"

유재는 해맑은 목소리로 물었다.

"너, 왜 약속 안 지켰어? 휴대폰 왜 안 돼?"

휴대폰이라는 말에 심장이 후드득 떨렸다.

"휴대폰? 나, 금요일에 휴대폰 잃어버렸어. 사물함에 두고 갔나 해서 학교에도 와봤는데 없더라고. 그 휴대폰이 새거라서 선뜻 다시 살 수가 없어. 오늘까지 못 찾으면 새로 사려고. 그런데 왜? 너랑 나랑 무슨 약속했었니? 무슨 약속이지?"

"얘가 정말 아무것도 모르는 표정이네. 너 진짜 왜 그래? 지금 회장단 아이들 난리 났어. 부회장이라는 죄로 내가 토요일 오후부터 일요일 내내 얼마나 시달렸는 줄 알아?"

"동주 네가 시달렸다고? 뭔 소리야?"

아, 맞다. 저 아이 이름이 동주였다. 회장 선거를 할 때 후보로 나왔던 아이, 저 아이가 부회장이 되었었구나.

"너 지금 일부러 그러는 거지? 큰일 저질러 놓고 감당하기 힘드니까 일부러 이러는 거 맞지?"

동주가 화를 냈다.

"무슨 일이야? 내가 뭘 일부러 그래?"

유재는 어깨를 으쓱 올려 보였다.

"너 건망증 있냐? 하지만 이건 건망증으로 용서가 될 문제가 아니야. 네가 의견을 냈고 모두가 네 의견에 따랐어. 네가 의견에 절대 토 달기 없기라고 해서 토 다는 아이들도 없었고, 다들 토요일 약속 날짜까지 쥐 죽은 듯 있었다고. 그런데 너, 왜 그래?"

동주는 답답하고 어이없다는 듯 말했다.

"대체 뭔 소리야? 알아듣게 좀 말해."

유재도 화를 냈다.

"엊그제 회장단 단톡방에 네가 의견을 올렸잖아. 회장단에서 한 달 동안 걷은 벌금을 어떻게 쓸 건지. 그리고 이번 일에는 다른 의견을 달지 않았으면 좋겠다고, 토도 달지 말고 전적으로 너를 믿어달라고 그랬었잖아. 너, 이거 회장 자리 내놓을 정도의 큰 사건인 거 알지? 이제 누가 너를 믿겠어?"

"그렇지. 회장단하고는 전혀 상관없는 내가 들어도 완전 황당한 일인데."

누군가 말했다. 그 말을 신호로 아이들이 또 수근거렸다.

"무슨 소리냐고?"

유재가 두 주먹을 불끈 쥐었다. 동주가 휴대폰을 유재 코밑으로 들이밀었다. 동주 휴대폰을 훑어보던 유재 눈이 휘둥그레졌다.

"이게 뭐야? 이게 내가 올린 톡이라고? 이게 어떻게 된 거지? 나는 이런 글 올린 적이 없어."

유재는 어리둥절한 얼굴로 말했다.

기어이 터졌구나! 조마조마했었는데, 제발 아무 일도 일어나지 않고 지나가기를 간절히 바랐었는데. 이온이를 바라봤다. 이온이는 볼펜 끝을 잘근잘근 씹으며 동주를 바라보고 있었다. 무덤덤한 표정이었다.

"일단 임시 회의 연다고 톡 올려. 아이들이 기다리고 있을 거야. 아, 휴대폰 잃어버렸다고 했지? 내가 올릴게. 오늘 수업 끝나고 모이라고 한다."

표정 변화가 전혀 없는 이온이가 무서웠다. 무서운 아이라는 건 이미 알고 있었지만 이 정도인 줄은 몰랐다. 감정을 가진 사람이라면 이 정도의 사태가 터졌을 때 조금의 흔들림이라도 있어야 하는 거 아닌가.

'미리한테 물어보면 무슨 일인지 알 수 있을 거야.'

무슨 일이 터졌는지 알고 있어야 할 거 같았다. 하지만 드문드문 귀에 들어오는 아이들 말로 알아내기에는 역부족이었다.

수업이 끝나고 유재는 동주와 함께 교실에서 나갔다. 회장단 회의에 가는 모양인데 유재 얼굴은 반나절 만에 차마 눈뜨고 봐줄 수 없을 정도로 핼쑥해져 있었다. 유재와 동주가 나가고 나서 이온이와 미리가 어깨를 맞대고 교실에서 나갔다.

나는 멀리 떨어져서 이온이와 미리를 따라갔다. 큰길을 건너고 나서 이온이와 미리가 헤어졌다. 나는 미리 뒤를 따라갔다. 사람들이 뜸한 길에 접어들었을 때 잽싸게 미리 옆으로 다가갔다.

"악, 깜짝이야. 아이 씨, 너 갑자기 나타나면 어떻게 해? 놀랐잖아. 물론 네가 이럴 줄은 알고 있었어. 오늘 시한폭탄이 터졌고 그 일에 대해 궁금하면 나한테 물어보겠지, 생각했다고."

"뭣 좀 물어봐도 돼?"

"물어보려고 따라온 거 아니니? 물어봐."

"그날 이온이가 올린 톡이 문제가 된 거지?"

"당연한 걸 뭘 물어? 아침에 교실에서 일어난 일을 두 눈으로 똑바로 보고도 그걸 질문이라고 하니."

"이온이가 단톡방에 뭐라고 썼어?"

"너는 내가 그 질문에 대답할 거라고 믿고 있는 거니?"

미리는 허공을 향해 헛웃음을 날렸다.

"말해줘, 제발. 무슨 일인지 나도 알고 있어야 할 거 아니야."

"강시연. 세상에는 지키지 않아도 될 비밀과 꼭 지켜야 할 비밀이 있어. 이온이가 올린 톡의 내용은 둘 중에 뭐다? 꼭 지켜야 할 비밀이야. 나는 죽어도 말 못 하지."

미리 말을 듣는데 눈물이 쏟아졌다.

"얘 왜 이래? 눈물로 하소연하겠다, 이거니? 그런다고 해서 마음 약해질 나는 절대 아니야. 절대 말 못 해. 그러니까 공연히 에너지 쓰지 마. 야, 초딩도 아니고 길거리에서 그렇게 질질 짜고 싶냐? 지나가는 사람들이 뭐라고 하겠냐? 내가 너를 괴롭힌다고 할 거 아니야. 강시연, 시간이 지나면 좀 달라지는 면도 있어야 하지 않니? 어떻게 뭔 일만 생기면 울기부터 하는 건 초딩 때랑 똑같냐?"

"미안해."

나는 뒤돌아섰다.

"여기서 미안하다는 말은 왜 또 나와? 지금은 미안하다는 말이 어울릴 때가 아니야. 아휴, 답답해."

미리가 중얼거렸다.

"야, 강시연."

몇 걸음 걷는데 미리가 불러 세웠다.

"너, 이온이한테 너를 뱉어내 달라고 말했다면서? 이온이는 그러겠다고 약속을 했고. 이온이 개가 성질이 좀 있어서 가끔 괴팍하게 변하기는 해도 약속은 지키는 아이야. 유재 가방에서 휴대폰을 꺼내는 걸 누가 현장에서 보지 않은 이상 아무 일도 일어나지 않을 거야. 그리고 교실에서 자꾸 나를 힐끔거리지 좀 마. 아주 부담스러워 죽겠어. 나도 다는 몰라. 강시연 네가 아는 것보다 아주 조금 더 아는 정도야. 나는 이온이가 고용한 알바일 뿐이니까."

나는 놀라서 미리를 바라봤다.

"놀랐냐? 놀랄 거 없어. 세상에는 수많은 알바가 있으니까. 내가 너한테 해줄 말은 그냥 가만히 있으라는 말밖에 없어. 그리고 나한테 신경 꺼라. 따라오지도 말고 뭘 묻지도 마."

말을 마친 미리는 쌩하니 돌아서서 가버렸다.

이온이가 고용한 알바라고? 대체 뭔 말이람.

"어머, 시연아."

아파트로 접어드는데 누군가 내 이름을 불렀다.

"왕왕."

그때 나무 뒤에서 하얀 강아지 한 마리가 튀어나왔다. 그 여자였다. 강아지한테 매일 뭔가를 뱉으라고 말하던 여자. 저 여자와 내가 아는 사이였나? 우리가 이름까지 알려주며 인사를 나눴었나? 그런 기억은 전혀 없는데 이상했다.

"이렇게 우연히 너를 만나게 되는구나. 오늘이 그날이야. 증호한테 원했던 날. 내가 했던 결정을 꼭 뒤바꿀 거야."

"무슨 말, 아니 누구신……."

나는 여자가 무슨 말을 하는지 도무지 알아들을 수가 없어 여자를 빤히 바라보기만 했다.

"아, 맞다. 선택의 날에만 증호든 달호든 기억할 거라고 했지. 그날 기차역에서의 일들도 선택의 날에만 기억날 거라고 했어. 시연이 너는 오늘이 선택의 그날이 아니구나. 나는 오늘이야. 시연아 나, 지금 되게 떨리고 긴장돼. 나, 잘할 수 있겠지? 예약이 3시라서 지금 병원에 가는 길이야. 예약은 이미 해놨더라고. 생각 같아서는 그 예약조차도 아예 없는 거로 했으면 좋겠지만 할 수 없지, 뭐. 시연아. 잘할 수 있게 응원 좀 해줘."

뭘 알아야 응원을 해주든가 말든가 하지.

"아, 기억을 못 하는 애한테 내가 무슨 말을 하는 거야? 예약 시간 늦겠다. 나중에 얘기하자. 빨리 가봐야겠어. 오줌 눴지?"

여자가 강아지를 번쩍 들어 안았다.

‘저 여자와 나 사이에 나중에 할 얘기가 있나? 대체 내가 뭘 기억하지 못한다는 거야? 답답하네.’

나는 멀어져 가는 여자의 뒷모습을 물끄러미 바라봤다.

고용주의 비밀을 지키는 게 알바의 자세

유재는 책상을 뚫어져라 바라보고 있었다. 책상 위에는 창문을 통해 들어온 오전 햇살이 가득했다.

"유재가 전교회장을 그만둘 수 있다던데?"

누군가 말했다.

"야. 말은 바로 하자. 스스로 그만두는 게 아니라 짤린다고 보면 되지."

대답 소리도 나지막했다.

"하긴 그 정도 사건이면 짤릴 만하지."

수군거림은 바통을 주고받듯 이어졌다.

"야!"

유재가 책상을 치며 자리를 박차고 일어났다. 유재 책상에 내려앉았던 햇살이 박살 나서 흩어졌다.

"할 말이 있으면 큰 소리로 말해. 제발 수근대지 말고."

유재 목에 힘줄이 빳빳이 섰다. 빳빳이 선 힘줄은 금세 터질 것처럼 꿈틀거렸다. 멀리서도 또렷이 보였다.

"동주 너 진짜 이럴 거야?"

유재가 동주를 향해 소리쳤다. 내가 유재에 대해 관심을 가진 건 며칠 안 되지만, 그래서 유재 얼굴을 제대로 보기 시작한 것도 며칠 되지 않지만 저런 유재 얼굴은 처음이었다. 울 것 같은 얼굴은 무섭고 험악해 보이기도 했다.

"무슨 말이야? 왜 나한테 소리를 지르고 난리인데?"

동주가 어이없다는 듯 허공을 향해 헛웃음을 지었다.

"지금 웃음이 나오니? 너는 웃고 싶어?"

유재가 두 주먹을 불끈 쥐었다.

"네 눈에는 내가 웃는 걸로 보이니? 대체 나한테 왜 이러는 거야? 잘못은 네가 해놓고. 그리고 나만 이래? 회장단 모두가 나처럼 황당해하고 있다고. 모두 나랑 같은 마음이란 말이야."

"황당해하는 거 알아. 화난 것도 알아. 내 말은 그 말이 아니야. 회장단 문제는 회장단에서 해결하면 되는 걸 왜 내가 알기도 전에 여기저기 떠들었느냐는 뜻이야. 전교생이 다 알게 되었잖아."

불끈 쥔 유재 주먹이 떨렸다. 이러다 진짜 무슨 일이 벌어지는 건 아닌지 조마조마했다.

"주말 동안 유재 너를 본 아이가 있는지 물어봤던 거야. 내가 일부러 너 엿 먹이려고 떠벌린 게 아니고. 그런 일을 만들어 놓고 연락도 안 되는데 물어보지도 못해? 너라면 그랬겠어?"

동주는 억울해했다.

"내가 옆에서 듣고 있자니 더 가만있어서는 안 될 거 같아서 한마디 할게. 그게 왜 동주 잘못이냐? 약속을 지키지 않은 유재 네 잘못이지. 열두 명 모이게 해놓고 약속 장소에는 나오지 않고 연락도 안 되면 당연히 답답한 거 아니냐? 거기에다 어디로 봉사 가는지는 유재 너만 알고 있었다며? 서프라이즈라고 미리 밝히지 않았다면서. 뭐 그런 서프라이즈가 다 있냐. 내가 회장단 아이들이라고 해도 열받겠다. 단체로 엿 먹이는 거지. 그리고 햄버거 살 때 모자라는 돈은 네가 낼 거라고 했다며? 네가 나타나지 않아서 일단 동주 엄마 카드로 샀다는데 그 돈은 돌려주는 거 맞지?"

동주 짝이 말했다. 쟤 이름은 뭐더라?

"휴대폰을 잃어버렸었다고 말했잖아. 휴대폰을 잃어버렸는데 무슨 수로 연락이 돼?"

유재가 주먹으로 가슴을 쾅쾅 쳤다.

"네가 휴대폰을 잃어버린 건 월요일 아침에 네가 학교에 와서 말하기 전까지는 아무도 몰랐잖아. 야, 나유재. 공부도 잘하는 애가 핵심 파악을 못하냐? 문제의 핵심은 네가 휴대폰을 잃어버린 게 아니라 네가 일을 크게 벌여놓고 약속 장소에 나타나지 않은 거야. 그게 핵심이라고."

동주 짝도 지지 않고 목소리를 높였다.

"나는 약속한 적이 없어."

동주도 목소리를 높였다.

"단톡방에 네가 올린 톡은? 그건 귀신이 올렸냐?"

"아악, 정말 미치겠네. 나는 정말 그런 톡을 단톡방에 올린 적이 없어. 내 휴대폰에는 내가 보냈다는 그 내용의 톡은 없었다고. 있었다면 내가 봤겠지. 회장단 단톡방에 올라오는 글들은 하나도 빼먹지 않고 다 읽는데. 그리고 지난주 화요일, 그 톡이 올라온 시간에 나는 학원에 있었어. 학원 수업 시간이었다고. 아, 답답해. 속을 뒤집어 보여 사실을 밝힐 수만 있다면 뒤집어 보이겠다."

유재가 교복 윗도리를 훌러덩 벗었다. 다들 놀란 눈으로 유재를 바라봤고 교실은 순식간에 고요해졌다.

무섭고 겁이 났다. 저러다 유재가 무슨 일이라도 저지르면 다 내 잘못이다. 나는 나도 모르게 이온이에게 다가갔다.

"나 좀 봐."

나는 이온이 어깨를 쳤다. 이온이가 나를 아래위로 훑어봤다. 싸늘한 눈빛이었다.

"강시연."

미리가 내 팔을 잡아끌고 복도로 나갔다.

"너 왜 그래?"

미리가 화를 냈다.

"어떻게 해야 해? 뭐라도 해야 하는 거 아니야?"

"하긴 뭘 해? 진짜 미치겠네. 내가 그냥 가만히 있으라고 했지? 말 더럽게도 안 듣네."

미리가 나를 끌고 음악실로 갔다. 미리는 음악실 비밀번호를 꾹꾹 눌렀다. 커튼이 드리워진 음악실은 갇혀진 공기 때문인지 오늘따라 답답하게 느껴졌다.

"뭘 할 건데? 지금 짠 하고 나타나서 네가 유재 휴대폰을 훔쳤고 이온이가 유재인 척 톡을 올렸다고 사실대로 말하겠다는 거야? 그러면 와! 솔직한 강시연이다! 아이들이 이러고 너를 영웅 취급해 줄 거 같아?"

'유재 휴대폰을 훔쳤다고' 그 말에 나는 정신이 번쩍 들었다. 깜박 잊고 있었다. 단톡방에 올린 톡에만 끌려다니다 그 사실을 잠시 잊고 있었다. 내가 유재 휴대폰을 훔쳤었다. 잠시 빌렸던 거라고 미화시켜도 훔친 건 훔친 거다.

"영웅 대접 받을 거 같으면 그렇게 하든가. 네가 유재 휴대폰을 훔쳐서 일어난 일이라고 아이들한테 말하라고. 이온이가 시켜서 그랬다고 떠벌리라고. 그러면 아주 재미있는 일이 벌어지겠네."

미리가 코웃음을 쳤다.

"너 그 뒷감당할 수 있어? 강시연, 가만히 있으면 되는 거야. 솔직히 말해서 큰일이 나봤자 유재가 전교회장을 그만두는 일밖에 더 있어? 전교회장 그만둔다고 세상이 박살 나는 것도 아니고 뭔 문제야."

좀 전의 유재를 보면 세상이 박살 난 듯한 표정이었다. 아니, 세상을 박살 낼 거 같았다. 하지만 나는 미리 말에 아무 말도 하지 못했다.

"입 다물고 있어. 가자."

미리가 돌아섰다.

"뭣 좀 물어봐도 돼?"

나는 급하게 미리를 불러 세웠다.

"유재랑 이온이는 사귄다고 했잖아. 그런데 유재한테 왜 그래? 이온이가 올린 글이 뭔지 나는 몰라. 하지만 유재를 위험하게 만드는 글이었을 거야. 그렇다면 이온이도 이런 일이 일어날 거라고 미리 짐작은 하고 글을 올렸을 거 아니야? 사귄다면서 왜 그래? 사귄다는 말이 거짓말이었어?"

"하필이면 대답하기 곤란한 질문을 하고 그러냐? 남의 연애에 대해 이러쿵저러쿵 말하는 거 진짜 별로인데. 하지만 뭐 대답해 주지. 둘이 사귀는 건 맞아. 둘이 만나 영화 보는 것도 본 적이 있으니까. 그런데 학교에서는 둘이 사귀는 걸 표내지 않더라고. 요란을 떨며 사귀는 걸 이온이가 원하지 않는 모양이야. 내가 지금 한 말, 이온이한테는 모른 척해. 솔직히 말해서 나도 지금 네 상황을 조금은 이해하거든. 그래서 말해주는 거야. 가자."

"왜 사귀는 사이인데 위험에 빠뜨려?"

나는 다시 물었다.

"강시연. 알바한테 속속들이 다 알려주는 고용주가 어디 있냐? 나도 잘 몰라. 아무튼 이번 일은 가만히 있어. 가자."

미리가 음악실 문을 열었다.

"잠깐."

"아, 또 왜애?"

미리가 신경질적으로 음악실 문을 도로 닫았다.

"회장단에서 진짜 유재를 자른대? 유재 회장 그만둔다는 말이 맞아?"

"강시연. 네가 돌아다니는 말 주워듣는 것처럼 나도 마찬가지야. 나는 이온이 알바하느라고 3학년 되고 다른 아이들과 친해질 기회가 없었어. 이온이가 알바하는 동안에는 다른 아이와 친해지지 말라고 했거든. 좋아, 톡 내용을 얘기해 줄 테니까 회장 자리랑 연관이 있는지 네가 생각해 보고 판단해. 하지만 내가 이걸 알려줬다는 건 이온이에게는 무덤까지 비밀이야. 고용주의 비밀을 지켜주는 게 진정한 알바의 자세거든. 내가 알바를 하며 만든 규칙이지."

미리는 목소리를 낮췄다.

"벌금으로 햄버거를 사서 이번 토요일에 봉사 가자. 햄버거 100개 사. 모자라는 돈은 내가 낼게. 서프라이즈 봉사이기 때문에 장소는 그날 공개. 아마 다들 놀라서 뒤로 넘어갈걸, 기대해. 학원 보충이라는 둥, 가족 외식이라는 둥 토 달지 말기. 회장단 행사도 중요한 거야. 전원 토요일에 지하철역 앞에서 만나. 이 글에 답장 금지, 뭐 대충 이런 내용이었어. 내 장점 중에 하나가 기억력 끝내주고 잘 외우는 거거든. 유재 걔, 벌금 걷는 거 되게 좋아하더니 벌금으로 망한 거지. 가만, 밖이 왜 이렇게 조용하냐?"

미리가 음악실 문을 열었다.

"뭐야? 수업 시작한 거야? 야, 우리 반 첫째 시간에 뭐냐? 혹시 수학인가? 망했다. 아, 짜증 나. 너는 좀 늦게 들어와. 너랑 나랑 같이 들어갔다가 뒤에 무슨 문제가 생기면 나까지 엮여."

미리가 복도를 뛰어갔다.

나는 얼마간의 시간차를 두고 교실로 들어갔다. 미리가 자리에서 엉거주춤 서 있었다.

"저 느긋함. 어디가서 뭘 하다 오는지는 모르지만 적어도 수업이 시작되어서 교실에 들어오는 거면 서둘러 오는 척, 숨이라도 차는 척해야 하는 거 아니야? 그게 적어도 교사에 대한 최소한의 예의 아니냐고. 아, 됐다, 내가 뭘 바라겠냐? 다 내가 잘못이지."

드디어 시작이었다. 수학 선생님은 적어도 십 분 정도는 자신을 비하하고 원망하는 말을 늘어놓을 거다. 이리저리 찢기고 굴려서 자신을 세상에서 제일 불쌍한 사람으로 만들 거다. 차라리 야단을 맞는 게 마음 편하다. 수학 선생님이 자신을 원망하는 소리를 듣다 보면 멀쩡하고 불쌍한 사람 하나 죽이는 듯한 죄책감이 든다. 2학년 때, 우리 반이 2학년 중에서 시험을 제일 못 봤을 때가 있었다. 한 시간 내내 수학 선생님의 한탄을 듣고 난 후 쉬는 시간 내내 아이들은 실신하듯 책상에 엎어져 있었다.

"그래, 미안하다고도 하지 마라. 네가 뭘 잘못했겠니. 다 내 잘못이지."

"죄송해요."

나는 고개를 숙이며 말했다.

"아니야, 아니야. 내 잘못이라니까. 나는 선생 자격도 없어."

십 분 정도 지나 아이들이 지쳐갈 무렵 수학 선생님은 끝을 냈다.

"제발 수학 시간에는 정신들 좀 차리자. 단체로 이게 뭐냐?"

동주 짝 목소리였다.

유재가 걱정이다

회장단 회의는 하루에도 몇 번씩 열렸다. 아침에, 점심시간에 그리고 방과 후에.

햄버거 값은 85만 원이라고 했다. 단품으로 샀는데도 수제버거이다 보니 가격이 셌다고 했다. 그중에 10만 원 정도는 회장단 벌금으로 충당했고, 나머지 75만 원은 동주 엄마 카드로 긁었다고 했다. 유재를 기다리다 시간을 아끼기 위해 햄버거부터 사자는 의견이 나왔는데 마침 동주가 자기 엄마 카드를 갖고 있었다고 한다. 봉사가 끝나고 집에 돌아오는 길에 심부름으로 뭘 사가야 해서 카드를 들고 왔단다. 동주는 자기 엄마한테 전화해서 사정 이야기를 했고 일단 카드를 쓰라는 허락을 받아냈다고 한다.

"회장단은 유재를 철썩같이 믿은 거지. 동주 엄마도."

"유재가 동주한테 햄버거 값을 줬나?"

"설마 줬겠지, 몇십만 원을 떼먹었겠냐?"

어느 순간 아이들은 햄버거 값에 더 관심을 가졌다. 동주에게 돈을 받았느냐고 묻기도 했다.

"회장단 회의에서 모든 게 결정 나기 전에는 아무 말도 못해. 나한테 뭐 묻지 마. 그리고 제대로 알지도 못하면서 소문도 내지 말고."

동주는 잘라 말했다.

유재 모습은 차마 똑바로 바라볼 수 없을 정도로 무너져 갔다. 얼굴은 반쪽이 되었고 아이들 눈치를 보며 늘 전전긍긍했다. 그런 유재 뒤에서 아이들은 한 덩어리가 되어 수군거렸다. 수군거림 속에는 햄버거 값이 빠지지 않고 따라다녔다. 동주가 받았다, 못 받았다, 정확히 밝히지 않은 건 못 받았기 때문이라고 했다.

"유재네가 가난하대."

"가난하다고 남의 돈을 떼먹냐?"

어느 순간 유재는 남의 돈을 떼먹은 파렴치한이 되어 있었다.

유재가 회장단 아이들과의 약속을 어겼다는 사실보다 햄버거 값이 더 크게 부각되었다. 회장단의 입단속은 대단했다. 어떤 정보도 새어나오지 않았다. 하지만 정보가 새어나오지 않는다고 해서 가만있을 아이들이 아니었다. 하루하루 새로운 소문이 만들어졌고 퍼져나갔다. 새롭게 만들어지는 소문에도 빠지지 않는 건 햄버거 값이었다. 아이들은 돈 문제에 가장 집요했고 민감했다.

유재 얼굴이 반쪽이 되어가는 동안 내 마음도 반쪽이 되어갔다. 나도 유재처럼 늘 전전긍긍하며 불안한 나날을 보냈다. 학교에 가는 게 지옥이었다. 아프다고 하루이틀 결석도 하고 싶었지만 그럴 수도 없었다. 유재가 걱정이었다. 유재는 금방이라도 꺼질 살얼음판에 서 있는 모습이었다. 나는 아침 일찍 학교에 가서 유재를 기다렸다. 유재가 나타나지 않으면 숨도 쉴 수 없을 정도로 긴장했다. 가끔은 유재에 대해 상상을 하다 놀라기도 했다. 유재가 옥상 난간에 서 있는 끔찍한 상상이었다.

그러는 사이 널을 뛰던 날씨는 본격적인 봄 날씨로 들어섰다.

"그 점퍼는 벗어. 교복만 입어도 되겠어."

아침에 집을 나설 때 엄마가 입고 있던 점퍼를 벗겨주었다. 홀러덩 벗겨지는 시커먼 후드 점퍼를 보며 내 걱정거리도 저렇게 벗겨져 나갔으면 좋겠다는 생각을 했다.

"어?"

아파트 상가를 벗어날 때 갑자기 이온이가 앞에 나타났다.

"좀 보자."

'혹시 휴대폰 이야기인가? 사실대로 밝히자고?'

어쩌면 기다리던 순간이었을 수도 있다. 유재가 무너지는 걸 보면서 차라리 내가 저렇게 되는 게 마음 편할 거 같다고 수없이 생각했으니까. 하지만 한편으로는 겁이 났다. 지금 이순간에 사실을 밝힌다면 나는 과연 무사할 수 있을까?

"오늘 학원 가니?"

이온이 목소리가 무거웠다.

"응."

"몇 시에?"

"6시."

"그럼 4시에 내 부탁 하나만 들어줘, 괜찮지?"

"응……. 그런데 무슨 일인지 물어봐도 돼?"

나는 조심스럽게 이온이 입을 바라봤다.

"강시연. 너, 엉뚱한 생각하고 있으면 던져버려. 미리가 그러더라. 네가 양심의 가책을 느끼고 있다고. 너, 아이들 사이에서 완전 매장당하고 싶어?"

이온이 목소리에서 찬바람이 불었다.

"너 그런 말 알아? 순간의 선택이 십 년을 좌우한다. 지금 너의 선택이 네 평생을 따라다닐 수 있어. 양심 같은 소리 하고 있네. 그냥 가만있어. 내가 너를 빼돌리기로 약속했잖아. 그 약속은 지켜. 가만있으면 너한테는 아무 일도 일어나지 않아. 가만있을 거지?"

이온이가 물었다. 대답 대신 눈물이 났다. 이온이는 나를 빤히 바라봤다.

"학교 끝나면 곧바로 빵집으로 가서 우리 엄마를 만나. 우리 엄마가 뭘 주면 그걸 누구한테 전해주면 돼. 시간은 4시로 하고 누굴 만날 건지와 장소는 이따 수업 마치고 알려줄게. 아, 뭐 물어본다고 했지? 뭔데?"

한참 후에 이온이가 말했다.

나는 이온이에게 묻고 싶었다. 유재한테 왜 그러느냐고. 하지만 묻지 못했다.

교실에 들어서자마자 유재 자리로 눈이 갔다. 아직 유재는 오지 않았다. 시간이 지나도 유재가 나타나지 않았고 수업이 시작되어도 끝내 유재는 오지 않았다.

"유재 결석하는 거냐?"

"동주야. 어떻게 된 거야? 회장단 회의 다 끝난 거냐? 설마 유재가 학교를 그만두는 거로 결론이 난 거는 아니지?"

"결석이 뭐예요? 하는 애가 결석한 걸 보면 그런 결론이 난 거 같은데?"

"햄버거 값은 받았냐?"

"야, 너는 이 상황에서 햄버거 값 얘기를 하고 싶냐? 하여간 애가 인정머리가 없어요, 인정머리가."

아이들은 동주에게 회장단 회의 내용을 앞다퉈 물었다.

"아휴, 진짜 너희들 왜들 그래? 학교를 그만두기로 결론을 내긴 뭘 내? 그리고 그 햄버거 값 얘기 좀 그만해. 받았어. 벌써 받았다고. 그리고 우리 엄마 돈 쓴 건데 너희들이 왜 그렇게 관심이 많아?"

동주가 자리를 박차고 일어났다.

"야, 그 질문이 그렇게도 화를 낼 일이냐? 결석이라는 걸 모르는 애가 결석을 하니까 걱정이 되어서 그러는 거잖아."

유재는 초등학교 때부터 단 한 번도 결석한 적이 없는 아이라고 했다. 가족 여행이니 체험학습이니 학교에 오지 않아도 되는 수많은 이름을 유재는 단 한 번도 써보지 않았던 아이라고 했다.

"선생님. 회장 안 왔는데요?"

"유재 왜 결석했어요?"

담임이 교실에 들어서자 아이들이 앞다퉈 물었다.

"오늘 아파서 못 온다고 연락 왔다."

"아프다고요? 유재가요? 왜요?"

"아픈 게 아닌 거 같은데요."

교실이 시끄러워졌다.

"조용. 쓸데없는 상상하지 말고."

담임이 탁자를 쳤다.

"선생님."

동주가 손을 번쩍 들었다.

"왜?"

"쓸데없는 상상하는 아이들에게 벌금 때리기 해도 돼요?"

"야, 농담하냐?"

누군가 소리쳤다.

"벌금 때리지 않으면 온종일 쓸데없는 상상으로 교실이 뜨거워질 거 같아요. 벌금 때려도 돼요?"

"글쎄다. 그건 너희들끼리 의논해서 하도록."

담임은 어깨를 으쓱여 보였다. 그런 일에 깊이 참견하고 싶지 않다는 눈치였다.

"벌금 때릴 거야. 한 번 걸릴 때마다 만 원씩."

"만 원? 상난하냐?"

온종일 분위기는 어수선했다. 동주 눈치를 보느라고 대놓고 교실에서 유재 얘기를 꺼내는 아이는 없었다. 하지만 복도와 화장실에서는 유재 이름이 둥둥 떠다녔다. 어수선한 교실 분위기에도 이온이는 흔들림이 없었다. 혹시 이온이는 유재가 오늘 결석하는 걸 미리 알고 있었던 걸까? 그래서 아무 걱정도 하지 않는 걸까? 그렇지 않고서야 사귀는 사이에 저렇게 흔들리지 않을 수가 있나. 아니지, 애초에 이온이는 유재에 대한 걱정 따위는 없었지. 그런 게 있었다면 이런 일을 저지르지도 않았을 거다. 절벽에서 유재 등을 떠민 건 이온이다.

─4시 루리백화점 건너편 수리아이스크림 가게.

이온이에게 문자가 온 건 수업이 끝나고 학교를 나선 후였다. 곧 문자 하나가 또 도착했다.

─우리 엄마한테 받은 걸 유재한테 전해주면 돼.

'유재?'

나는 내 눈을 의심했다. 문자를 다시 한번 확인했다. 틀림없이 유재 이름이었다.

'이온이는 유재와 연락이 되었구나. 아무튼 유재는 무사한 거네.'

나는 안도의 숨을 내쉬었다. 온종일, 가슴 중간에 매달려 있던 불안함이 쑥 내려가는 느낌이었다.

빵집으로 들어서기 무섭게 이온이 엄마는 작은 종이 가방을 내밀었다.

"조심해."

인사를 하고 나오는데 이온이 엄마가 말했다. 조심하라니,

뭘? 이 종이 가방 안에 든 걸? 이 안에 든 게 뭔데? 나는 종이 가방 안을 힐끗 바라봤다. 포장한 책이었다. 뭐, 책이 아니라 공책일 수도 있겠지만.

"예."

이게 왜 조심해야 할 건지 영문도 모른 채 대답했다.

루리백화점까지의 거리를 검색했다. 버스를 타고 가기에는 가깝고 걷기에는 조금 먼 애매한 거리였다. 지금 시간이 3시 40분. 나는 걷기로 했다.

이상한 여자

　유재를 기다리며 아이스크림을 두 개 먹었다. 유재는 한 시간이 넘도록 나타나지 않았다. 시간이 지날수록 불안해졌다. 유재가 오지 않으면 유재에게 전해주라는 거는 어떻게 해야 하는지 이온이에게 문자로 물었다.

　ㅡ그만 나와.

　이온이는 근처에 있었다. 내가 아이스크림 가게에서 나오자마자 어디선가 바람처럼 나타났다. 눈치로 봐서 아이스크림 가게를 지켜보고 있었던 거 같았다.
　"너는 이제 학원 가라."

종이 가방을 받아드는 이온이 얼굴이 어두웠다.

"유재랑은 약속했던 거 맞지?"

나는 이온이에게 물었다. 이온이는 대답하지 않았다. 하긴 약속을 하지 않았는데 이온이가 이럴 리는 없지만.

"유재, 아무 일도 없겠지?"

약속을 했는데 유재는 왜 나타나지 않았을까. 불안함이 밀려왔다.

"강, 시, 연."

이온이가 내 이름을 꼭꼭 깨물어 뱉어내듯 한 자, 한 자, 또박또박 불렀다.

"너는 유재가 죽기라도 했으면 좋겠어?"

"무, 무, 무슨 그런 말……."

"학원 가라는데 왜 그런 질문을 하느냐고? 짜증 나게."

"유, 유재가 걱정이 되어서 그래. 다 나 때문에 일이 이렇게 된 거니까. 이온이 네가 시키는 대로 내가 하지 않았다면 이런 일은 생기지 않았을 테니까."

이온이 앞에서 이러고 싶지 않았다. 그런데 나도 모르게 마음속 말이 쏟아져 나왔다.

"강시연. 너 오늘 왜 이렇게 용감해? 애, 진짜 유재한테 뭔 일이 생겼을까 봐 겁먹은 눈치네. 그만해. 유재는 자기 자신을 엄청 사랑하는 아이야. 자기애가 장난 아니지, 네가 걱정하는 일은 일어나지 않아. 그리고 내가 너한테 시켰다는 그런 말 함부로 하지 마. 듣기 거북하니까. 그만 가. 이제 너한테 이런 부탁도 하지 않을 거니까.”

“약속 오늘 잡은 거였어? 오늘 유재랑 연락이 되었던 거야?”

“아, 진짜 얘가 왜 이래? 그렇게도 궁금하냐? 오늘 오후에 만났으면 좋겠다는 말은 어제 했고 약속 장소와 시간은 오늘 톡으로 보냈어. 나오겠다, 나오지 않겠다, 대답은 없었지만 유재는 내가 보낸 톡을 확인은 했어. 확인을 했다는 건 아무 일도 없다는 뜻 아니겠어?”

톡에 대한 대답이 없으면 거절의 뜻이라고 저번에 이온이 제 입으로 말하지 않았었나?

“나 바빠서 이만 간다.”

이온이는 뒤 한 번 돌아보지 않고 가버렸다.

이온이가 가고 나서도 한참을 그 자리에 그대로 멍하니 서 있었다. 얼마나 시간이 흘렀을까, 나는 휴대폰 진동음에 정신을 차렸다. 휴대폰에 뜬 글자를 보는 순간 내 눈을 의심했다. 오빠였다.

“여, 여, 여보세요? 오, 오빠야? 오빠?”

“그래, 강시연 너의 오빠 강시후다.”

“어디야? 집에 온 거야?”

오빠가 돌아오거나 연락이 되면 대들며 따지고 싶었었다. 왜 이렇게 속을 썩이냐고, 엄마가 오빠 때문에 얼마나 힘들어하고 죽을 지경이 되었는지 아느냐고 퍼붓고 싶었다. 하지만 정작 오빠 목소리를 들으니까 반갑기만 했다.

"아니, 아직. 아빠 화 많이 났지?"

그걸 질문이라고 하나.

"언제 올 건데?"

"곧 가야지. 그런데 강시연…… 너, 돈 있지? 돈 좀 보내줘라. 얼마 안 되어도 상관없어. 지금은 천 원이 만 원으로 보이는 상황이라서. 내가 계좌 번호 날릴게. 그리고 엄마 아빠한테는 내가 전화했다는 것도, 돈을 보내줬다는 것도 비밀로 해줘. 곧 돌아갈 거니까."

오빠는 자기 할 말을 끝내고는 일방적으로 전화를 끊었다. 천 원이 만 원으로 보이는 상황이라면 돈이 없다는 뜻이다. 지지리 궁상이라는 말이기도 하나. 오빠 자신을 찾았느냐고 물어보고 싶었는데 전화를 끊는 바람에 묻지 못했다. 그래도 다행이었다. 나는 학원을 빼먹고 곧장 집으로 향했다. 엄마한테는 말해야 할 거 같았다.

"잠깐."

빵집 앞을 지나오는데 문이 열리며 이온이 엄마가 알은체했다.

"바쁘니? 되게 바빠 보이는데? 잠깐 얘기 좀 하고 가면 안 될까?"

"지금 급하게 돈을 보내야 할 곳이 있어서 바빠요."

"무슨 돈인지 모르지만 아줌마가 보내줄게. 네가 나중에 나한테 주면 되잖아. 잠깐이면 돼."

나는 뭐에 홀린 듯 이온이 엄마를 따라 빵집으로 들어갔다. 그리고 이온이 엄마에게 오빠가 보낸 계좌 번호를 알려주고 십오만 원을 내 이름으로 입금시켜 달라고 했다.

"돈은 이따 가져다 드릴게요."

"천천히 줘도 돼. 잠깐 앉아."

이온이 엄마는 쟁반에 마늘빵과 우유를 담아 내왔다.

"우리 이온이랑 친해? 친하니까 자주 만나겠지만. 내가 너한테 이런 말 물어봤다는 건 이온한테는 비밀로 해줘. 저기 말이야, 우리 이온이 학교생활은 어떠니?"

이온이 엄마가 조심스럽게 물었다.

"그냥…… 저도 잘 몰라요."

"잘 몰라? 친한 사이 같던데?"

이온이 엄마 눈에는 이온이와 내가 친하게 보였나 보다. 같이 빵집에 마주 앉아 있는다고 해서 다 친한 것은 아닌데 말이다. 친하지 않다고 사실대로 말해야 할 거 같았다.

"제가 아이들한테 별로 관심이 없거든요. 그래서 이온이에 대해서도 잘 몰라요. 여기에 이온이랑 같이 온 건 무슨 일이 좀 있어서요. 친해서 빵 먹으러 온 게 아니고요."

"무슨 일?"

"그건…… 저는 말 못 해요. 그만 가볼게요. 돈은 이따 가져다 드릴게요."

나는 황급히 빵집에서 나왔다. 상가를 돌아서는데 뒷목이 당겼다. 아, 실수했다! 무슨 일이 있다는 말은 하지 말았어야 했다. 이온이 엄마가 이온이에게 무슨 일이 뭐냐고 물어보면 그야말로 큰일이었다. 학교생활이 어떠냐고 물어보면 괜찮은 거 같다고 대답하고 말걸.

나는 길옆 벤치에 주저앉았다. 하는 말마다, 하는 행동마다 마음에 드는 게 하나도 없었다. 스스로 생각해도 나 자신이 바보 같았다.

그때 그 여자가 한숨을 쉬며 옆 벤치에 앉았다. 나는 주변을 두리번거렸다. 강아지는 보이지 않았다. 내 이름을 알고 있던데 인사라도 해야 하니 어쩌나 망설였다. 그런데 오늘은 여자가 좀 이상했다. 여자는 고개를 숙인 채 휴대폰을 뚫어져라 바라봤다. 그러다 눈길을 느꼈는지 이쪽으로 고개를 돌렸다. 여자와 눈이 마주쳤다. 나를 바라보던 여자가 도로 고개를 돌렸다. 나를 전혀 모르는 사람처럼 대했다. 좀 황당했다.

그때 여자의 휴대폰이 울렸다. 여자는 급하게 전화를 받았다.

"그러니까요. 왜 자꾸 기침을 하느냐고요. 예? 곧 괜찮아진다고요? 그럼 오늘은 다시 병원에 안 가도 되는 건가요? 열흘 동안 기침을 하는 강아지도 있다고요? 진짜 괜찮은 거예요? 알겠습니다."

여자는 전화를 끊고 허공을 바라봤다. 며칠 전에 병원 예약을 했다는 말을 한 거 같은데 무슨 일이 생긴 건가? 여자가 눈길을 느꼈는지 나를 바라봤다. 눈이 마주쳤는데도 여전히 모른 척이었다. 여자는 일어날 줄 몰랐다. 나는 먼저 자리를 털고 일어나 집으로 왔다. 어떤 날은 모른 척하다가 어떤 날은 이름까지 불러가며 아는 척이라니.

'혹시 치매?'

그러지 않고서야 여자의 행동이 이해 불가였다. 그나저나 그여자는 내 이름을 어떻게 알고 있는 걸까. 생각하면 생각할수록 이상하긴 했지만 그렇다고 해서 중요한 일은 아니었다. 나는 그냥 모른 척하기로 했다.

엄마가 혼자 식탁 앞에 앉아 있었다. 내가 들어온 줄도 모르는 눈치였다. 방으로 들어가 서랍에서 모아둔 돈을 꺼냈다. 십오만 원 정도는 되는 줄 알았는데 십사만 원이었다.

"엄마."

나는 주방으로 갔다. 엄마가 소스라치게 놀라며 돌아봤다.

"어머, 시연이 너, 학원 안 갔어? 학원에 있어야 할 시간에 웬일이야?"

엄마는 당황해하며 얼굴을 박박 문질렀다. 울고 있었다. 얼마나 울었는지 눈이 부었고 벌겠다. 엄마의 우는 모습을 보자 화가 치밀어 올랐다.

"왜 울어?"

나는 온갖 인상을 다 쓰며 물었다. 왜 우는지는 당연히 알고 있다. 울고 싶은 일이 한두 개가 아닐 테니까. 오빠를 생각해도 울고 싶을 테고 아빠를 생각해도 울고 싶을 거다. 내 질문은 울고 싶어도 참지 왜 우느냐는 뜻이다.

"울긴 누가 울어?"

엄마는 울지 않았다고 잡아뗐다.

나는 현관문을 박차고 나왔다. 엄마가 우는 거 이해한다. 내가 엄마라고 해도 그럴 테니까. 하지만 엄마가 저런 모습을 보일 때 나는 제일 화가 난다. 나도 모르겠다. 내가 왜 이러는지. 오빠에게 전화 온 걸 엄마에게는 말해야겠다고 생각했던 것, 취소하기로 했다. 엄마 앞에서 오빠 얘기를 하기 싫었다.

"나머지 만 원은 곧 드릴게요. 내일."

나는 이온이 엄마에게 십사만 원을 건넸다.

"천천히 줘도 돼. 그런데 아까 그 일, 이온이한테는 진짜 비밀이다."

이온이 엄마는 다짐을 주었다.

어둠이 가득 내린 길을 걸어오는데 유재가 걱정이었다. 걱정은 불안을 몰고 왔다. 단단한 불안 덩어리가 다시 가슴 중간에 매달렸다.

'어?'

나는 어둠 속에서 가물가물 보이는 낯익은 모습에 걸음을 멈췄다. 그 여자가 아까 그 자리에 그대로 앉아 있었다. 간간이 한숨을 내쉬는 것도 똑같았다. 나는 내가 아까 앉았던 벤치에 앉았다. 엄마 얼굴에서 울었던 표가 사라질 때쯤 집으로 들어가고 싶기도 했고 또 한편으로는 여자가 궁금하기도 했다.

"나한테 뭐 할 말이라도 있니?"

한참 후에 여자가 고개를 돌려 물었다.

"예? 아, 아니요."

"그런데 왜 자꾸 아까부터 그런 느낌이 드는 거지? 할 말이 없다니까 됐지만."

여자가 하늘을 바라봤다.

"저기, 혹시 저 아세요?"

나는 목소리를 낮춰 물었다.

"응?"

"저 아시냐고요?"

"너도 이 아파트에 살지? 두어 번 마주친 적은 있는 거 같아. 내가 사람 보는 눈썰미가 없어서 정확한 건 아니지만."

"저도 눈썰미가 없는 건 마찬가지인데요. 두어 번 마주친 거 맞아요. 그런데 마주치는 거 말고요. 제 이름을 안다거나, 서로의 생활을 공유한다거나 뭐 이렇게 아는 거요."

여자가 나를 빤히 바라봤다.

"나는 네 이름 모르는데?"

시연이라고 내 이름을 또렷이 부르는 걸 분명 들었는데, 내가 그날 잘못 들었었나, 헷갈리기 시작했다.

"너는 나 알아?"

여자가 물었다.

"아니요. 같은 아파트에 살고 강아지를 키운다는 것 말고는."

"아, 가야 한다."

여자가 잊었던 게 떠오른 듯 서둘러 일어났다.

－동생, 고맙다.

오빠에게 문자가 왔다.

꼬리에 꼬리를 문 소문

유재가 또 결석했다.

"선생님, 어제 유재가 아파서 못 왔다고 말한 거 뻥이죠?"

동주 짝이 손을 번쩍 들며 일어났다.

"서우가 저랑 같은 아파트에 살거든요. 어제저녁 엘리베이터 안에서 서우를 만났는데 어제 회장단에서도 유재와 연락이 된 아이가 없다고 해요. 학교에서도 회장단에게 유재에게 무슨 일이 있는지 물어봤다고 하던데요. 그건 곧 학교에서도 유재의 행방에 대해 모른다, 이거 아닌가요?"

"서우가 누구더라?"

담임은 시큰둥한 표정으로 물었다.

"옆반 회장이요, 전교부회장이잖아요."

"아, 그렇지, 전교부회장이지. 유재의 결석 이유를 학교는 알고 있다. 그리고 이상한 상상을 하면 벌금 때리기 하지 않았었니?"

"이상한 상상을 하는 게 아니고요. 사실을 파악하고 싶어서 그러는 거죠. 유재에 대해 회장단에 물어본 게 사실인지. 다시 한번 말하지만 그게 사실이라면 학교도 유재 행방에 대해 모른다는 거거든요."

"학교는 알고 있다."

담임은 잘라 말하고 서둘러서 교실에서 나갔다.

"무슨 미스터리 드라마 제목 같다. '학교는 알고 있다.' 동주야. 네가 속 시원히 털어놔라. 중학교 회장단이 무슨 비밀 단체라도 되냐? FBI야? 학교에서도 모르고 있는 거 맞지? 유재가 행방불명인데 서로 감추고 감춰주고, 그게 중요한 게 아니잖아."

동주 짝이 답답하다는 듯 말했다.

"행방불명?"

아이들 눈이 약속이나 한 듯 동그래졌다.

"아니, 내 말은 아무 말 없이 결석을 하고 전화를 해도 안 받고 자취를 감췄으니까 하는 말이지."

"자취를 감춰?"

아이들이 입을 모아 말했다.

"진짜 얘들이 왜 이래? 그렇다는 말이야. 말꼬리 잡고 늘어지지 마. 결석이라는 건 모르는 아이가 갑자기 사라지니까 하는 말이지."

"사라져?"

"그만. 너희들 뭐 하는 거야?"

동주가 버럭 소리쳤다.

"동주야. 우리 반 아이들이 죄다 불안하다는 증거야. 우리가 계속 햄버거 얘기를 하는 바람에 유재가 자존심이 상한 건 아닌지 걱정이라고. 유재가 성격이 좋긴 하지만 그런 애들일수록 충격을 받으면 어디로 튈지 모르는 행동을 하는 거야."

"어디로 튈지 모른다는 말이 무슨 뜻이야? 너는 지금 유재가 네가 상상하는 그런 행동을 했으면 좋겠니?"

"야, 너 말 한번 이상하고 수상하게 한다. 내 말뜻은 그게 아니잖아."

"회장단에서는 너희들이 상상하는 만큼의 일은 일어나지 않았어. 유재는 단톡방에 올린 글이 자기가 올린 게 아니라고 처음부터 끝까지 주장했고 회장단 아이들은 말도 안 되는 소리라고 주장했어. 회의는 계속 제자리걸음이었는데 새롭게 알게 된 건 유재가 봉사 가려고 했던 곳이 어디였는지 밝혀진 것 정도야."

"유재 주장대로라면 누가 유재 휴대폰을 훔쳤다는 말이야?

휴대폰을 훔쳐서 단톡방에 그 글을 올리고 도로 유재한테 휴대폰을 돌려줬다고? 누가 왜?"

동주 짝이 말하는 순간 내 몸은 지진이라도 맞은 듯 흔들렸다. 그 흔들림은 강력했다. 책상도 떨렸다. 나는 책상을 꽉 잡았다.

"회장단이나 우리들 모두 누구 한 명 유재 말을 믿어주지 않았어. 그런데 유재는 계속 같은 주장을 했다는 말이잖아? 유재가 바보가 아니고서야 남들이 믿어주지 않는 말도 안 되는 주장을 계속하는 게 이상하지 않니? 그건 곧 유재 말이 진실일 가능성이 크다는 거지."

동주 짝 얼굴이 심각하게 변했다.

"생각해 보니 이상한 점도 있어. 그런 일을 벌이고 나면 유재한테 과연 무슨 이득이 있는 걸까. 햄버거 백 개를 갈 곳 없게 만들고 회장단 아이들 시간을 잡아먹은 게 과연 유재에게 이득이 되는 행동이었을까? 또 햄버거 값도 그래. 벌금을 그런 식으로 쓰고 나머지 수십만 원이나 하는 햄버거 값을 내야 하는데 왜 그런 짓을 하느냐고? 결론은 아무 이득도 없어. 이득은커녕 저 스스로 곤란하고 난처한 상황으로 뛰어드는 행동이지. 바보가 아니고서야 왜 그런 짓을 해? 우리가 왜 그 생각을 못 했지? 햄버거에 꽂혀서 다른 생각은 못 했던 거지."

"그렇다면 유재 휴대폰에 손을 댄 범인이 진짜 따로 있다는 말이야?"

누군가 물었다.

"유재랑 원수 진 아이 있나? 유재처럼 성격 좋은 애가 누구랑 적이 돼?"

"성격 좋다고 적이 없냐?"

교실은 시끄러워졌다.

"설마 유재한테 무슨 일이 생긴 건 아니겠지? 솔직히 세상에서 제일 억울한 건 진실을 말하는데 아무도 믿어주지 않는 거잖아. 유재랑 같은 동네 사는 사람 없니? 학교에는 오지 않아도 동네에서는 모습을 드러낼 수 있잖아."

동주 짝이 교실을 둘러봤다. 아무도 손을 들지 않았다.

회장단의 비밀은 더 이상 비밀이 아니었다. 삽시간에 전교생에게 퍼졌다. 유재가 그렇게 무책임한 아이가 아닐 거라고 처음부터 믿었다는 아이들도 속속 나왔다. 유재를 무책임한 아이로 몰고 가며 열 올려 햄버거 값을 말할 때는 나오지 않던 말들이었다.

"대체 누가 그런 짓을 했을까?"

아이들의 관심은 온통 그곳으로 쏠렸다. 나는 목을 옥죄어 오는 공포에 수시로 몸을 떨었다.

점심시간에도 급식실 안은 그 이야기로 가득 찼다. 유재와 사이가 좋지 않았던 아이들 이름이 은밀히 거론되기도 했다. 도저히 밥을 먹을 수가 없었다. 숟가락으로 국을 휘젓고 있는데 미리가 옆에 앉았다.

"그거 안 먹냐?"

미리가 요거트를 집어 갔다. 미리는 요거트 껍질을 천천히 오래오래 벗겨냈다. 요거트 때문에 옆에 앉은 게 아니라 무슨 할 말이 있는 게 확실했다.

"시연이 너 지금 완전 돌겠지?"

미리가 요거트를 떠먹으며 속삭였다.

"솔직히 좀 위험했어."

미리는 내 대답을 기다리지 않고 말했다.

"아닌 말로 그런 위험한 일은 이온이가 직접 해야 하는 거 아니냐? 제 손에는 피 하나 안 묻히겠다는 뜻이지. 시연이 네가 만만해 보였다는 뜻이기도 하고. 쉬운 말로 멍청해 보였다는 말이야. 기분 나빠하지 마. 사실이니까. 똑같은 사람을 놓고도 보는 눈에 따라 판단이 다르지. 누구는 멍청하다, 누구는 착하다. 내가 보기에 시연이 너는 착하고 순진한 아이야. 하지만 이온이가 보기에는 멍청하고 바보 같은 아이지. 나는 이온이 알바, 오늘까지 하기로 했거든. 내일부터는 알바 아니야. 이제 적당히 거리를 두고 물러서서 지켜보려고. 강시연, 나는 끝까지 입을 다물거니까 걱정하지 마. 나를 아는 척하지 말라는 말을 한 번 더 하고 또 알바 그만둔다는 것도 알려주어야 할 거 같아서. 오늘 요거트 더럽게도 맛없네. 이거 어디 거냐? 먹는 걸 이렇게 만들어 돈 받고 파냐? 대량 납품이면 돈도 엄청 버는 거 아니냐? 이참에 요거트 연구나 한번 해볼까? 요거트 회사에서 맛을 연구하는 연구원 알바 안 뽑나?"

미리가 요거트를 입에 퍼넣으며 미간을 찡그렸다.

"3학년 올라오면서부터 이온이 알바한다고 힘들어 죽는 줄 알았네. 친하지 않은 애 옆에 붙어 다니며 시키는 대로 하고 비위 맞추는 거, 그거 생각보다 힘든 일이야. 한동안은 좀 푹 쉬고 싶다. 아, 맛없어."

미리는 요거트를 박박 긁어먹은 다음 자리에서 일어났다.

"아."

미리가 무슨 생각이 난 듯 몸을 낮췄다.

"정보 하나 알려줄게. 폭풍이 일어나겠어. 전교생이 본격적으로 범인을 찾아낼 분위기야. 일단 부회장 애들이 용의자에 오르고 있어. 너도 알다시피 이번 회장 선거가 치열했잖아. 아, 너는 모르겠구나? 관심이 없었을 테니까. 서우야 성격이 느긋하고 둥글둥글한 편인데, 아무래도 동주가 의심을 받을 거 같아. 동주 걔, 보통 아니야. 만약 자기가 의심을 받는다면 무슨 수를 써서라도 진짜 범인을 찾고 말 거야. 내가 알바를 좀 일찍 그만두는 이유도 바로 그거야. 공연히 엮여서 좋을 건 없으니까. 그리고 이건 순전히 내 생각이니까 너만 듣고 그냥 버려. 동주 엄마 카드로 끊었다는 햄버거 값 말이야. 유재가 아직 돌려주지 못한 거 같은 눈치야. 동주는 받았다고 말했지만 내 생각에는 아니야. 순전히 증거 없는 느낌이니까 귀 닦아라. 야, 이건 네가 좀 버려줘."

미리는 빈 요거트 통을 식판 옆에 던지고는 급식실에서 나갔다.

무서웠다. 다 무서웠다.

'며칠 결석할까?'

이런 생각도 들었지만 그건 옳지 않은 선택일 거다. 내가 없는 교실에서 무슨 말들이 오갈지도 불안했고 지금 같은 상황에 결석을 하면 의심을 받기 딱 좋을 거다.

유재의 빈자리가 자꾸만 눈에 들어왔다. 유재는 지금 어디에 있는 걸까?

꼬리에 꼬리를 문 소문은 속도도 빨랐다. 수업이 끝나기도 전에 회장 선거에 출마했던 아이들의 이름이 대놓고 거론되기 시작했다. 미리 말이 맞았다.

동주 눈이 제대로 돌아간 것은 6교시 수업이 끝나고 나서였다. 교실에서 잠시 나갔던 동주는 얼굴색이 변해서 들어왔다.

"누구냐?"

동주는 교실 앞으로 나가 탁자를 치며 소리쳤다.

"뭔 소리? 앞뒤 말 다 자르고 누구냐고 물어보면 어떻게 알아먹어?"

누군가 말했다.

"알면서 오리발 내밀지 마. 너희들 수군거릴 때 뭔가 좀 찜찜했어. 하지만 그런 말도 안 되는 소문이 돌고 있는 줄은 꿈에도 몰랐어. 누구냐고, 그 소문을 만들어 낸 게?"

"그 소문이 뭐냐고?"

"야!"

소리를 지르는 동주 몸이 흔들렸다. 졸도하기 직전이었다.

"귀신도 아니고 저런 식으로 물어보면 누가 알아먹어?"

볼멘소리가 여기저기서 들렸다.

"유재 휴대폰! 단톡방에 유재 휴대폰으로 올린 글! 그걸 올린 범인이 나라는 소문을 만들어 낸 게 누구냐고?"

동주는 이미 이성을 잃었다. 탁자가 동주 주먹에 튕겨져 나갈 거 같았다.

"아이구야, 그건 말이 안 되지. 누가 그런 말도 안 되는 소문을 냈어?"

동주 짝이 자리를 박차고 일어나 눈을 부라렸다. 연기를 하려면 제대로 하지 어설픈 표가 너무 많이 났다. 동주가 동주 짝을 쏘아봤다.

"너냐?"

"무슨 말을 그렇게 하냐?"

동주 짝이 펄쩍 뛰었다.

"너 맞네. 처음부터 이 일에 대해 네가 관심이 유독 많았었어."

"아, 아니라니까."

"기다려! 내가 찾아내고 말 거니까."

동주가 살기가 그득한 눈빛으로 교실을 둘러봤다. 소름이 돋았다.

"그래. 동주 네가 찾아내라. 헛소문을 내는 아이는 찾아서 혼을 내주어야 해. 그럼. 헛소문이라면 당연히 혼쭐이 나야지."

동주 짝이 얼이 빠진 얼굴로 말했다.

"누가 헛소문 낸 아이 찾는댔어? 유재 휴대폰에 손을 댄 아이 말이야. 그 범인을 꼭 찾아내고 말 거라고."

동주 표정이 비장했다. 아이들이 모두 동주를 바라봤다. 범인을 잡는다고? 네가 범인이 아니었어? 우리는 다 동주 네가 범인이라고 생각하고 있는데? 아이들 눈은 이렇게 말하고 있었다.

"내가 범인을 찾는 과정을 너희들한테 공유할게. 너희들이 무모한 사람을 얼마나 억울하게 몰아갔는지 그걸 보면서 반성하도록 해. 어떤 식으로 공유할지는 지켜보면 알게 돼."

동주 말에 교실은 찬물을 끼얹은 듯 고요해졌다.

이온이와 이온이 엄마

오늘도 유재는 학교에 오지 않았다.

문제의 화요일, 학교 내 CCTV 확인.

게시판에 이렇게 쓰인 종이 한 장이 붙었다.

"동주가 붙인 거네. 본격적으로 범인 잡기에 돌입했구나. 그렇지, 우리나라가 CCTV의 왕국이라고 하잖아? CCTV만큼 확실한 건 없지. 최고의 증인이고 증거야. 학교에서 순순히 자료를 내준 걸 보면 학교에서도 유재의 행방을 모르고 있는 게 확실하네."

"하지만 교실에는 CCTV가 없다는 게 함정 아니냐?"

"에이, 다른 곳에 있는 CCTV를 시간대별로 추적하고 추리해 보면 뭔가 나올 거야. 결론은 동주가 범인이 아니라는 거. 진짜 범인이라면 이러지는 않을 거야."

아이들은 곧 범인이 잡힐 거라고 입을 모았다. 시간문제라고 했다.

나는 내가 CCTV 화면에 잡히는 모습을 상상했다. 상상하지 않으려고 해도 자꾸만 그 모습이 떠올랐다. 교실에는 CCTV가 없다는 걸 알면서도 내가 유재 가방을 뒤지는 장면도 클로즈업되어 머릿속에 가득 찼다. 나는 지옥이라는 게 어떤 건지 알 수 있었다. 아주 예전에 권선징악에 대한 전래동화를 읽고 그 안에서 한두 번 만나봤던 지옥이라는 곳! 살면서 나쁜 짓을 하면 죽어서 지옥에 가고, 지옥에는 불구덩이와 펄펄 끓는 기름 솥과 뱀들이 우글대는 곳이 있다고 했다. 직접 그런 곳에 들어가지 않았지만 그 고통과 통증과 공포가 느껴졌다.

동주는 게시판에 종이를 붙였을 뿐 별다른 말은 하지 않았다. 그것에 대해 아이들의 질문이 이어졌지만 추가적인 설명 같은 것도 없었고 CCTV를 다 확인했다는 말인지 확인 중이라는 뜻인지 확인할 예정이라는 건지도 밝히지 않았다.

이온이는 게시판에 붙은 내용에 대해 크게 동요하지 않는 눈치였다. 아니 그럴 리가 없겠지. 마음속으로는 파도가 치고 해일이 일겠지. 저도 사람인데. 하지만 밖으로 표를 내지 않았다.

미리는 확실히 편안해 보였다. 쉬는 시간이면 책상에 널브러져 있었다. 나만 전전긍긍 어쩔 줄 몰라 하는 거 같아 한편으로는 억울하기도 했다. 내가 범인이라는 게 밝혀진다면 이온이를 끌고 들어가야 할까? 아니면 내가 몽땅 뒤집어써야 하는 걸까? 이온이를 끌고 들어간다면 이온이는 어느 정도 책임을 질까. 모두 자기가 시킨 짓이라고 사실대로 털어놓을까? 아니면 내가 헛소리를 한다면서 나에게 모든 걸 뒤집어씌운 채 침묵을 지킬까?

'증거가 없네.'

나는 생각 끝에 깨달았다. 이온이가 시켰다는 증거. 증거는 오직 미리뿐이었다. 만약 그런 상황이 온다면 미리는 어느 정도 자신의 모습을 드러낼까? 자신을 잊어달라고, 쳐다보지도 말고 말도 시키지 말라고 못 박은 아이가 참견이라도 해줄까? 그걸 가능성은 없어 보였다. 엮이기 무서워 이온이 알바도 일찍 마친다고 했었다. 이리저리 생각해도 나 혼자 뒤집어써야 하는 최악의 시나리오였다.

내 눈과 귀와 모든 말초 신경은 동주에게로 향했다. 동주가 자리에서 일어나기만 해도 심장이 떨렸고 동주가 교실을 둘러볼 때면 떨리는 심장이 폭발했다. 이러다 죽을 수도 있을 거 같았다.

하루가 십 년 같았다.

수업이 끝나고 집으로 향했다. 학교에서 학원으로 곧장 가야 했지만 모든 게 다 귀찮았다. 체력은 메말랐고 실신 직전이었다. 온종일 최강의 노동을 한 것보다 더 힘들었다.

아파트 상가 앞을 지나다 편의점으로 들어갔다. 갑자기 단 게 당겼다. 단 걸 먹지 못하면 죽을 거 같았다. 나는 초콜릿 아이스크림을 집어 들고 창가 자리에 앉아 오후 햇살을 받으며 아이스크림을 먹었다. 실신 직전이던 몸속 세포들이 서서히 기운을 차리는 듯한 느낌이 들었다.

그때 밖에 이온이가 보였다. 이온이는 빵집으로 들어갔다.

'이온이는 왜 유재를 벼랑 끝으로 몬 걸까?'

풀리지 않는 의문이었다.

빵집으로 들어간 이온이는 내가 아이스크림 하나를 다 먹기도 전에 밖으로 뛰쳐나왔다. 이온이 뒤로 이온이 엄마가 따라 나왔다. 이온이 엄마는 이온이를 잡으려고 했고 이온이는 자기 엄마를 뿌리쳤다. 지나가던 사람들이 걸음을 멈추고 바라봤다.

이온이가 길 건너로 사라지고 난 다음 나는 아이스크림 하나를 더 사서 자리로 돌아왔다.

이온이 엄마가 빵집으로 들어가지 않고 이쪽으로 걸어왔다. 그리고 곧 편의점에 모습을 나타냈다. 나는 숨을 죽였다.

"시연이구나?"

이온이 엄마가 나를 알아봤다. 이온이 엄마의 손에는 껌 한

통이 들려 있었다. 내 이름은 어떻게 알았지? 엉거주춤 일어나 고개를 숙이는 순간 오빠에게 돈을 보낼 때 내 이름으로 보낸 게 떠올랐고 아직 만 원을 갚지 않은 사실도 떠올랐다.

"만 원은 곧······. 지금 집에 가서 가지고 올게요."

들고 있는 아이스크림을 등 뒤로 감추고 싶을 만큼 부끄러웠다.

"아니야, 천천히 줘도 돼."

이온이 엄마가 손을 내저었다.

"만난 김에 뭣 좀 물어봐도 되니?"

이온이 엄마가 내 옆에 앉았다.

"요즘 학교에서 무슨 일 있니? 이온이가 며칠 사이에 더 까칠하고 예민해진 거 같아서 말이야. 이런 거 묻는 거 부담스러울 수도 있어. 하지만 시연이 너 아니면 어디 물어볼 데가 없어서."

"저는 잘 몰라요."

"그렇구나. 그럼 혹시 말이다. 이온이가 사귀는 남자 친구가 있니?"

나는 놀라서 이온이 엄마를 바라봤다. 이런 질문이 나올 줄은 상상도 하지 못했다.

"잘 몰라요."

내 대답에 이온이 엄마는 보일 듯 말 듯 고개를 끄덕였다.

"키가 크고…… 얼핏 봐도 185센티미터는 넘어 보이던데, 적당한 덩치에 얼굴은 작고, 걔랑 사귀는 사이인가 해서……. 저번에 이온이랑 같이 있는 걸 우연히 봤거든. 이온이가 걔랑 팔짱도 끼고 있고 되게 친해 보이던데. 둘 사이에 무슨 일이 있었나, 하는 생각이 들지 뭐니. 하긴 뭐 친해 보인다고 해서 다 사귀는 건 아니겠지만 말이야. 아무튼 이온이가 예민하고 까칠해지니까 별생각이 다 든다."

머릿속에 유재가 떠올랐다.

"먹고 가."

이온이 엄마는 자리에서 일어났다.

'이온이랑 유재랑 학교 밖에서는 다르게 행동하는구나.'

비밀 연애를 한다는 미리 말이 맞는 듯했다. 이온이 엄마 말대로 둘이 싸웠고 열받은 이온이가 유재를 나락으로 밀어버렸을 수도 있다는 생각이 들었다. 하지만 싸움 한번 했다는 이유로 만든 사건치고는 너무 위험했다.

'일단 만 원부터 갚아야겠어.'

왜 그걸 까마득하게 잊고 있었는지 모르겠다. 내가 정신이 제대로 빠져 있었다.

현관문을 열고 들어서는데 엄마가 오빠 방에서 나왔다. 또 울고 있었다. 엄마가 울고 있는 모습을 보자 화가 났다.

"만 원만 줘."

나는 온갖 인상을 다 쓰며 말했다.

"학원 안 갔어?"

"지금 갈 거야. 빨리 만 원이나 달라고."

엄마가 지갑에서 이만 원을 꺼내 내밀었다.

"내가 언제 이만 원 달라고 했어?"

나는 만 원을 거실 바닥에 던져놓고는 집에서 나왔다. 엘리베이터 버튼을 누르는데 후회가 밀려왔다. 이러지 말자고 매일매일 결심하는데 엄마의 저런 모습을 보면 결심이 무너지고 말았다.

'아휴, 오빠인지 강시후인지 그놈 때문에 그래.'

오빠가 원망스러웠다.

빵집으로 갔을 때 이온이 엄마는 한쪽에서 통화 중이었다. 나는 조용히 통화가 끝나기를 기다렸다.

빵집 알바는 설거지를 하고 있었고 빵집은 한산했다. 이온이 엄마는 최대한 목소리를 낮춰 조근조근 말했지만 통화하는 내용이 뜨문뜨문 귀에 들어왔다. 별생각 없이 통화가 끝나기를 기다리고 있는데 이온이라는 말이 귀에 제대로 꽂혔다. 나는 나도 모르게 이온이 엄마 통화에 집중했다.

"적극적으로 관심을 갖는 거, 그게 더 웃긴 거잖아. 아까 슬쩍 물어보는 것에도 얼마나 예민 떠는지 몰라. 여태 모른 척 살다가 십 년 넘어 나타나서 왜 친한 척이냐고 막 대들더라고. 당연히 걱정되지. 같은 반인 애가 이 아파트에 살더라고. 이온이랑 두어 번 같이 왔었거든. 이온이가 그 아이한테 돈을 주라고도 했어. 제법 큰돈이었어. 아니, 잘 몰라. 그런데 돈을 도로 가져왔어. 물어보긴 뭘 물어봐? 또 난리 피우게? 아무튼 그 아이한테 이온이 학교생활이 어떠냐고 넌지시 물어봤거든. 친하지 않아서 모른대. 아무리 친하지 않다고 해도 같은 반인데 그걸 몰라? 보나마나 이온이가 입 다물라고 미리 말했겠지. 애가 약간 멍청해 보이기는 해도 착해 보이더라고. 되바라진 아이들과 어울리지 않고 착한 아이랑 다니는 게 어디야. 그것만으로도 고맙지."

이번에는 '멍청하다'는 말이 귀에 제대로 꽂혔다. 그 멍청이가 만 원 줄 걸 잊고 있다는 말은 하지 않아 다행이었다.

"모르겠어. 같이 밥 먹자고 해도 대답도 안 해. 그래도 엄마라고 생각하니까 자주 오는 거겠지? 그래, 나중에 또 통화하자. 어머!"

이온이 엄마가 돌아서다 소스라치게 놀랐다.

"만 원요."

나는 만 원을 계산대 옆에 올려놨다.

"어, 어, 언제 왔니?"

"늦게 드려서 죄송해요."

"언제부터 여기 서 있었던 거야?"

"지금요."

나는 통화 내용을 못 들은 척하기로 했다.

"천천히 줘도 된다니까."

이온이 엄마는 안도하는 표정을 감추지 못했다. 빵집에서 나오는데 갑자기 화가 치밀었다.

"아, 씨발. 멍청하면 뭐? 지들이 마음대로 휘둘러 먹으라고 내가 멍청한 줄 알아?"

나, 욕 같은 거 잘 안 한다. 그런데 욕이 절로 나왔다. 내가 한없이 한심했다. 가만히 있는 나를 이리저리 굴리는 이온이와 이온이 엄마가 밉기도 했다.

그때 질질 울면서 큰 도로를 향해 달려가는 그 여자가 눈에 들어왔다. 오늘도 강아지는 보이지 않았다. 택시 한 대가 그 여자 앞에 섰다. 여자는 택시를 타고 사라졌다.

'무슨 일 있나?'

무슨 일인지는 모르지만 큰일이 터진 거 같았다.

이온이 엄마가 했던 말이 떠오른 건 자려고 침대에 누웠을 때였다. 몇 시간 동안 '멍청이'라는 말에 묶여 다른 건 생각지도 못했었다.

'십 년 넘어 나타났다고? 이온이 엄마 아빠가 이혼했나? 이온이는 아빠가 키우고 엄마랑 헤어졌다가 다시 만난 건가.'

크게 머리를 쓰지 않아도 술술 풀어지는 스토리였다.

'유재한테 전해주라고 했던 게 돈이었네.'

그 생각을 하는데 햄버거가 떠올랐다. 유재가 아직 동주에게 햄버거 값을 주지 못했고 그걸 안 이온이가 돈을 빌려주려고 했던 걸까? 왜? 모든 일은 이온이가 만들었는데.

'대체 뭐가 어떻게 돌아가는 거야.'

과부하가 걸렸는지 갑자기 머리가 아팠다.

나, 너 봤어

CCTV에서 범인으로 추측되는 실루엣 발견.

게시판에 새로운 내용이 적힌 종이가 붙었다. 나는 충격을 먹고 그 자리에 주저앉을 뻔했다.

"동주야. 진짜냐? 실루엣에 대해 자세히 좀 설명해 봐라. 남자냐, 여자냐?"

동주 짝이 동주에게 물었다.

"개인적인 질문은 받지 않을 거니까 아무것도 묻지 마. 나는 저런 식으로만 소통하고 공유할 거니까. 나는 나를 의심했던 너희들과 말도 섞기 싫어. 너희들은 내가 범인을 잡는 과정을 지켜보기만 해."

동주는 단호했다.

스멀스멀 발바닥으로 밀려드는 공포는 금세 다리를 타고 허리로 그리고 등을 타고 머리까지 올라왔다. 아무렇지도 않은 척 자리로 와서 의자에 앉는데 눈물이 쏟아졌다. 참으려고 해도 눈물은 멈추지 않았다. 나는 화장실로 달려갔다. 미리가 세면대 앞에서 손을 씻고 있었다.

"에그, 쯧쯧."

미리가 나를 힐끗 보며 혀를 찼다.

"너 지금 어떤 줄 알아? 내가 범인이야, 이러고 말하고 있어. 정신 차려."

미리는 물 묻은 손을 허공에 털며 화장실에서 나갔다.

거울 속 내 모습을 바라봤다. 겁먹은 눈동자에 파리한 얼굴색. 낯설었다. 세수를 하고 교실로 돌아왔다.

"선생님."

담임이 들어오자 동주 짝이 손을 번쩍 들었다.

"선생님, 유재가 오늘도······."

"아프다고 연락 왔다고 했잖냐? 원래 안 아프던 사람이 한 번 아프면 오래 가는 법이야."

담임은 동주 짝의 말을 자르며 말했다.

"이런 말을 해야 하나, 말아야 하나······."

"해야 하나 말아야 하나 망설여지는 말은 안 하는 게 좋을 때가 더 많아. 하지 마라."

"그래도 하고 싶은데요."

"그럼 하든가."

담임은 네가 무슨 말을 하든 별 관심 없다는 투로 말했다.

"아무리 아파도 왜 그렇게 전화를 안 받아요? 유재한테 전화해 본 아이들 많거든요. 저도 해봤고요. 아파도 전화는 받을 수 있는 거 아닌가요?"

"전화를 받지 않던? 내 전화는 받던데? 좀 쉬고 싶은가 보네. 그러면 그런가 보다 하고 전화 안 하면 되는 거지. 담임인 내가 분명히 말해줬잖니. 유재는 아프다고. 엎어진 김에 쉬어간다는 말이 있어. 몸이 아파 쉬는 김에 머리도 마음도 다 쉬고 싶은 모양이지. 아참, 동주야. 벌금은 따박따박 받고 있는 거지?"

담임이 동주를 바라봤다. 동주 짝이 슬그머니 자리에 앉았다.

"그런데 말이다. 내가 어제부터 한마디 하려고 하다가 참았거든. 저기 게시판에 붙은 저 종이 말이야. 왜 저러는지 나도 귀가 뚫렸으니 들어서 알고 있다. 하고 싶은 말도 있지만 꾹 참는 중이야. 하지만 저게 문제가 될 소지가 다분히 있거든. 더 진도 나가지 말자. 큰일이 벌어지지 않은 이상 묻을 줄 아는 너그러움이 가끔은 세상을 구하기도 하지."

"무서워서, 겁나서 또는 귀찮아서 너그러움인 척 가면을 쓰는 게 가끔 세상을 망치기도 해요."

동주가 말했다.

"진도 나가겠다는 말이냐?"

"시작했으면 진도 쭉쭉 빼야지요. 그렇지 않으면 제가 다 뒤집어쓰게 생겼거든요. 회장 자리가 탐나서 명예에 눈이 멀어 친구를 낭떠러지 아래로 밀어버린 아이라고. 선생님 같으면 그런 누명 쓰고도 멈추겠어요?"

"야, 변두리 중학교 전교회장이 뭐 대단한 감투라도 되냐?"

"제 말이요."

담임과 동주가 서로를 뚫어져라 바라봤다. 교실은 쥐 죽은 듯 고요해졌다.

수업이 끝나자마자 교실을 뛰쳐나오고 싶었지만 오늘은 청소 당번이었다. 청소를 하면서 눈은 자꾸만 게시판으로 향했다. CCTV 속에서 어른거리는 내 모습이 눈앞에 그려졌다. 얼굴은 자세히 보이지 않지만 누가 봐도 당장에 알아볼 수 있는 내 모습이었다.

청소를 마치고 교실을 나서는데 어디선가 동주가 나타났다.

"잠깐 시간 있지? 잠깐이면 돼."

동주를 따라 교문을 나설 때까지 나는 정신이 없었다. 자동차가 달리는 시끄러운 도로를 보고 나서야 나는 겨우 정신을 차렸다.

"뭐 먹을래?"

동주가 물었다.

"아, 아, 아니."

"뭐 마시자. 내가 살게."

동주는 길을 건너 카페로 들어갔고 아이스 초코 두 잔을 주문했다.

"마셔."

동주는 아이스 초코 반 잔을 숨도 쉬지 않고 마셨다.

"마시라니까."

동주가 재촉했다. 나는 마지못해 두어 모금 마셨다.

"강시연. 오해하지 말고 들어."

동주 목소리가 사뭇 진지해졌다. 드디어 올 것이 오는가 보다! 심장이 뛰었다.

"나, 너 봤어."

동주가 말하는 순간 눈앞이 캄캄해졌다. 머릿속에서 돌던 생각의 회로가 정지된 듯 멍했다.

"나, 너 봤다고."

동주가 다시 말했다.

나는 아이스 초코를 단숨에 마셨다. 얼음 두어 개를 입에 넣고 아사삭 씹어 먹었다. 그러자 정신이 조금 돌아오는 듯했다. 동주가 본 내 모습이 뭘까? 당연히 유재 가방에서 휴대폰을 꺼내는 모습이겠지? 그런데 왜 여태 입을 다물고 있었던 걸까?
왜 게시판에 CCTV가 어쩌고저쩌고 그런 글을 써붙이는 걸까.
멈췄던 생각 회로가 정신없이 돌아갔지만 동주 속은 짐작할 수
가 없었다. 그나저나 어떻게 해야 하지? 왜 그랬는지 솔직히
고백해야 하나?

"이런 말 물어봐도 돼?"

사람 간 쪼그라들게 만드는 화법이었다. 나는 단 몇 초 동안
수백 가지의 생각을 했다. 동주가 물어보려는 말이 뭔지. 어떤
대답을 해야 할지.

"유재랑 어떤 사이야?"

"응?"

나는 고개를 들어 동주를 바라봤다.

"유재랑 어떤 사이냐고?"

"아무, 아무 사이도 아니야."

툭 튀어나온 대답이었지만 진실이다. 나와 유재는 아무 사이
도 아니다.

"유재랑 친해?"

"아, 아, 아니."

"훗. 나는 뭔 질문을 이따위로 하니? 시연이 너 당황했겠다.
누가 봐도 친한 사이가 아니지. 어떤 사이냐고 물어보나 마나
지, 뭐. 그냥 같은 반이라는 것 말고는 아무 연관도 없을 거야.

시연이 네가 워낙 조용하잖아. 그러고 보니까 시연이 네 목소리도 오늘 처음 듣는 거 같다. 아니지, 아니야, 발표! 수업 시간에 억지로라도 발표를 해야 할 때 그때 목소리 들어봤지."

목이 조여오는 느낌이 점점 더 강해졌다. 하고 싶은 말이 뭔지 차라리 단도직입적으로 말했으면 좋겠다. 그럼 숨통이라도 트이겠다.

"강시연."

동주 얼굴이 돌변했다. 목소리도 달라졌다.

"나는 다른 건 다 참아도 억울한 건 못 참거든. 그래서 진짜 범인을 찾겠다고 나선 거고. 그건 시연이 너도 당연히 알고 있지?"

나는 동주 말에 보일 듯 말 듯 고개를 끄덕였다. 입안에 침이 바짝 말라 갑갑했다.

"나는 봤어."

아, 저 화법. 심장이 쪼그라들었다.

"봤다고."

동주가 내 앞으로 얼굴을 바짝 들이밀었다.

"시연이 네가 유재 사물함을 여는 걸."

나는 탁자를 닦던 손을 멈췄다. 정수리를 타고 발끝까지 감전된 듯 온몸이 바르르 떨렸다. 휴대폰을 넣는 걸 봤다는 말이겠지.

침묵이 흘렀다.

"왜 유재 사물함을 열었지?"

동주가 침묵을 깼다.

"말해봐. 왜 유재 사물함을 열었는지."

동주가 같은 질문을 했다. 유재 휴대폰을 넣는 건 못 봤나? 문득 든 생각이었다. 나는 대답 대신 다시 탁자를 긁기 시작했다.

"사물함에 휴대폰을 넣은 거야?"

참 신기하게도 동주가 이렇게 묻는 순간 꽉 막혔던 생각의 회로가 팽팽 돌아가기 시작했다. 쥐도 막다른 골목에 몰리면 고양이를 물어뜯는 용기가 생긴다고 했다. 나는 동주에게 몰려 막다른 골목에 등을 지고 서 있었고 어떻게 해서든 이 막다른 골목에서 벗어나야 했다.

'넣은 거야?'

나는 동주 질문을 덥석 물었다. 질문을 이렇게 한다는 것은 모르고 있다는 뜻이다. 백 퍼센트 알고 있다면 '네가 유재 사물함에 유재 휴대폰을 넣었어' 이렇게 말해야 맞다.

"나는 그런 적 없어. 사물함을 연 적 없어."

쥐가 고양이를 물어뜯는 용기가 나를 찾아왔다. 나는 딱 잡아뗐다.

"없다고? 사물함 여는 걸 내가 똑똑히 봤는데?"

동주는 내게 걸려들었다. 역시 휴대폰을 넣는 건 못 봤구나.

"아니야."

나는 고개를 저었다.

"강시연."

동주가 나를 똑바로 바라봤다.

"그렇게 잡아떼는 걸 보니 뭔가 있구나? 나는 강시연 너한테 그걸 물어보면서 속으로는 유재 사건과 상관이 없을 거라고 여기기도 했거든. 나는 그날 청소 당번이었어. 그리고 아침부터 배가 아팠어. 배탈이 제대로 났던 날이야. 청소를 마치고 화장실에서 꽤 오랜 시간을 보내고 나오다 너를 본 거야. 너는 그날 수업이 끝나자마자 교실에서 나갔었어. 그런데 허둥지둥 교실로 돌아와서는 가방을 챙기더라고. 나는 네가 가방을 잊고 집에 간 거라고 여겼어. 나도 그럴 때 있었거든. 무슨 생각을 깊이 하다가 그냥 나간 거지. 집에 거의 다 갔을 무렵 가방을 학교에 두고 온 게 생각나서 학교로 달려간 적도 있으니까. 너도 그런 줄 알았어. 솔직히 말하면 네가 사물함을 연 것도 뭘 찾으려고 그러는 줄 알았지. 사물함을 여기저기 열더라고. 허둥대다 보면 사물함 위치도 헷갈릴 수 있을 거라고 생각했어. 그런데 유재 사건이 터지고 내가 억울하게 되었잖아? 범인을 잡으려면 아주 작은 거라도 그냥 지나치면 안 된다는 생각이 들어서 물어본 건데, 너 뭔가 있지?"

"아, 아, 아니야."

나는 당황했다.

"뭐가 아니야? 여전히 사물함을 안 열었다고 오리발 내미는 거야?"

"그, 그, 게 아니고 새, 생각이 안 나."

나는 이런 말을 하는 내 자신이 한심했다. 이걸 변명이라고 하나. 어떻게 해서든지 이 상황에서 빠져나오고 싶어 하는 내 자신이 가엾기도 했다. 동주는 더 이상 아무 말도 하지 않았다. 한참을 더 카페에 앉아 있다가 학원 가야 한다는 핑계를 대고 일어났다.

"나는 유재랑 아무런 관계도 없어."

나는 카페를 나서기 전에 한 마디 했다. 동주는 아무 말도 하지 않았다.

입 다물고 있으면 돼

범인의 그림자 밟기.

게시판에 다른 내용이 붙었다.

동주가 나를 밟고 있는 모습이 눈앞에 그려지며 온몸이 다 아팠다.

유재는 오늘도 결석이었다.

담임이 하도 단호하게 말한 탓인지 누구도 유재 결석에 대해 묻지 않았다. 다들 '그림자 밟기'라는 말뜻을 궁금해했고, 이런 저런 해석으로 교실 안이 시끄럽고 뜨거웠다. 동주는 어떠한 질문에도 개인적인 질문에는 답하지 않겠다는 말로 잘라버렸다.

"범인이 곧 잡히겠군. 나는 처음부터 동주를 믿었어. 이제부터 동주 네가 다 알아서 해라."

동주 짝이 말했다. 동주를 맨 처음 의심한 건 동주 짝이었는데 딴소리를 했다. 모두들 빠져나가고 있었다. 안전한 곳으로. 나만 신호등도, 횡단보도도 없고 난폭한 자동차들이 쌩쌩 달리는 넓은 차도에 내버려진 느낌이었다.

'며칠 결석을 할까?'

아무리 생각해도 그 방법밖에는 없었다. 내가 없는 학교에서 무슨 일이 벌어지거나 말거나 지금 그런 걸 따질 상황이 아니었다. 날마다 유재의 빈자리를 보며 불안에 떨 처지도 아니었다. 여길 벗어나야 했다.

결석으로 결론을 짓고 나자 무슨 핑계를 대야 할지 고민이었다. 아프다는 핑계 말고는 딱히 떠오른 게 없었다. 오늘 집에 가자마자 연극을 시작하려고 마음먹었다.

수업이 끝나고 재빨리 교실에서 벗어났다. 운동장까지 나오자 비로소 막혔던 숨통이 트이는 거 같았다.

"뭐라도 하나 사 먹어야겠지? 탈이 났다고 해야 하니까."

가장 위험한 간식거리가 뭔지 떠올렸다.

그때 오빠에게 문자가 왔다.

−어이, 동생, 수업 끝났지? 돈 있나?

기가 찼다.

–엊그제 보내준 돈 벌써 다 쓴 거야?
–야, 그건 그날 곧바로 다 썼지, 돈 있어?

나는 오빠에게 전화를 했다. 퍼부어 대려고 말이다. 고작 열
여섯 살인 내가 돈이 어디 있느냐고. 엊그제 보내준 돈도 아끼
고 모았던 용돈이었다고. 하지만 오빠는 전화를 받지 않았다.

–내가 바빠서 전화는 못 받아. 문자로 해.

바쁘기는 개뿔! 돈 달라는 말을 직접 말로 하려니 꼴에 자존
심이 상해서 그러겠지.

–돈 없어. 집에 들어와서 엄마한테 달라고 해. 말만 하면 뭐든 들어주는
  엄마가 있는데 뭔 걱정이야?

엄마가 매일 울고 있다는 말도 쓰려다 그러면 오빠가 더 기
세등등해질까 봐 참았다.

–시끄러. 엄마한테는 내 이야기 하지 마.

시끄럽기는 무슨. 중학생 동생한테 구걸하는 처지에.

−엄마한테 내 얘기하면 다시는 너한테도 연락 안 해.

이건 뭐람. 협박인가? 겁이 덜컥 났다. 오빠가 영영 숨어버리면 큰일이다. 나는 길가에 서서 한참 동안 다음 문자를 기다렸다. 하지만 끝내 오지 않았다.

−엄마한테 비밀로 할 거야.

나는 꼬리를 내렸다.

휴대폰을 주머니에 넣고 고개를 들다 멈칫했다. 저만큼 앞에 이온이가 걸어가고 있었다. 그리고 이온이 옆에 걸어가는 아이는 동주였다.

'뭐지?'

머릿속이 혼란스러웠다. 동주가 어디까지 파헤쳤는지 무섭기도 했다.

이온이가 나를 음악실로 데리고 가는 걸 동주가 봤을 수도 있다. 그리고 이온이에게서 나에 대해 알아낼 게 있다고 믿을 수도 있다. 나는 얼마간의 간격을 두고 둘을 따라갔다. 둘은 우리 아파트 가는 길로 접어들었다. 그리고 빵집으로 들어갔다.

'이야기할 게 많나?'

빵집으로 들어갔다는 건 그럴 가능성이 크다는 뜻이다. 할 말이 많으면 위험하다.

그때였다. 누군가 나를 치고 지나갔다. 모퉁이를 이런 식으로 무식하게 도는 인간이 대체 누구야, 고개를 돌리다 놀랐다. 그 여자였다. 그 여자가 허둥거리며 택시를 향해 달려가고 있었다. 택시를 탈 때 그 여자가 안고 있는 강아지가 눈에 들어왔다.

'강아지가 아픈가?'

나는 택시가 보이지 않을 때까지 지켜봤다.

"흡."

뒤돌아서다 기절할 정도로 놀랐다.

빵집 입구에서 이온이와 동주가 이쪽을 바라보고 있었다. 방금 전에 빵집으로 들어가더니 곧장 나온 모양이었다. 동주가 천천히 다가왔다.

"여기 사나 보네?"

동주가 물었다.

"응? 으응."

"저기가 이온이네 빵집이더라고."

"으응."

"알고 있었다는 얘기네? 이온이는 우리 반 아이들 누구한테도 말한 적 없다고 하던데?"

"으응. 빵 사러. 두 번 정도……."

"그래?"

동주는 피익 웃더니 어깨를 으쓱여 보이고는 가버렸다. 동주가 가고 나자 이온이는 빵집으로 들어갔다. 나는 이온이를 따라 들어갔다. 이온이는 우유를 들고 맨 구석자리에 앉았다.

"왜? 할 말 있어?"

"동주가 뭐래?"

"강시연! 쫄 거 없어. 동주는 지금 범인을 잡기 위해 추리라는 걸 하고 있는데 내가 보기에는 넘겨짚는 수준이야. 동주가 너랑 내가 음악실로 같이 들어가는 걸 본 모양이야. 내게서 뭣 좀 알아내려고 애쓰더라. 그리고 유재랑 나의 사이에 대해서도 궁금해하더라고. 나랑 유재가 만나는 거 비밀로 하고 있지만 학교 밖에서 본 아이들 제법 많아. 동주도 알고 있는 눈치던데 앙큼하게 모른 척하고 묻지 뭐냐? 강시연, 내가 분명히 약속했지? 강시연 너를 뺄어내겠다고. 나는 약속은 지켜. 너를 끌고 들어가는 일은 절대 없으니까 걱정 붙들어 매."

이온이가 자리에서 일어났다.

"하나…… 물어봐도 돼?"

"빨리 물어봐. 나, 바빠."

이온이가 도로 자리에 앉았다.

"유재한테 왜 그래?"

내 말에 이온이 종잇장처럼 사정없이 구겨졌다.

"너, 저번에도 그런 질문 안 했었니? 질문 한 거 같은데? 그건 내 사생활이고 너하고는 관계없는 일이야. 알려고 하지 마."

이온이는 단호하게 말했다. 이온이는 잘못 생각하고 있다. 이온이가 말하는 사생활과 나는 이미 관계가 있다. 유재한테 왜 그러는지 이유는 중요하다. 그럴 만한 명백한 이유와 타당한 이유가 있다면 나는 죄책감에 시달리지 않아도 되고 모든 것이 밝혀지는 불상사가 찾아온다고 해도 조금은 당당할 수 있으니까.

"나한테는 되게 중요한 문제야."

"얘 좀 집요한 데가 있네. 짜증 나. 강시연, 너 왜그래? 그냥 너는 입 다물고 있으면 돼. 그럼 아무 일도 일어나지 않는다고."

이온이가 아랫입술을 잘근잘근 씹었다.

"동주랑 만났었어. 좀 전에 본 거 말고."

나는 사실대로 말했다.

"내가 유재 사물함을 여는 걸 동주가 봤대."

"아, 씨……."

이온이는 탁자를 치려다 계산대 쪽을 바라보고는 멈칫했다.

"그래서 어디까지 얘기했는데? 설마 내 얘기까지 다 한 건 아니지?"

이온이가 목소리를 낮췄다. 이온이 얼굴색이 파래졌다. 오랜만에 보는 모습이었다.

"그, 그건 아니야."

나는 동주와 만났던 이야기를 이온이에게 했다.

"멍청하기만 한 줄 알았더니 생각보다 머리가 좋은 편이군."

파리했던 이온이 얼굴색이 원래대로 돌아왔다.

"네가 동주한테 말했던 것처럼 그냥 그렇게 밀고 나가. 동주가 다시 네게 접근해서 뭘 물어봐도 그대로 나가면 돼. 빵 먹을래? 내가 바빠서 같이 먹어줄 시간은 없는데 싸가라."

이온이가 일어났다.

"유재한테 왜 그래? 대답해 줘."

나는 다시 물었다.

"얘가 왜 이래? 말해줘? 나는 있잖아."

이온이가 나를 똑비로 바라봤다.

"나는 유재가 망했으면 좋겠어. 됐냐? 쫄딱 망했으면 좋겠다고."

이온이는 또박또박 말했다.

뭔가 둔탁한 것으로 머리를 한 대 얻어맞은 느낌이었다. 나는 멍하니 이온이를 바라봤다. 이온이는 봉투 가득 빵을 담아 내 손에 들려주었다.

빵집을 나서는 순간 나는 너무 놀라 빵 봉투를 떨어뜨렸다.

동주가 바로 빵집 앞에 서 있었다.

"둘이서 무슨 얘기를 그렇게 심각하게 해?"

동주가 내 앞으로 다가와 나지막하게 물었다. 동주 목소리에 소름이 돋았다.

"둘 사이에 뭔가 있는 거 같았다니까."

동주의 웃음도 소름 돋았다. 동주가 뭐라고 말하는 거 같은데 그다음부터는 아무 말도 귀에 들어오지 않았다. 머리부터 발끝까지 '강시연'이라는 이름의 모든 것이 산산조각이 나는 기분이었다.

나는 밤늦게 정신을 차리고 나서 이온이에게 톡을 보냈다.

–아까 빵집 앞에 동주가 서 있었어. 너랑 나랑 얘기하는 거 다 봤어.

–나도 알아. 문자 왔어. 학교에서 침착해야 해. 너는 입만 다물고 있으면

　돼. 다시 한번 말하지만 동주 걔, 넘겨짚는 수준이야. 그날 하필이면 네

　가 동주 눈에 띈 게 화근이 된 거지. 아무튼 너랑 나랑만 입 다물고 있

　으면 아무 일도 일어나지 않아. 머리싸움에서 지면 안 돼.

나를 알바로 써라

게시판 그 자리가 텅 비어 있었다.

"동주야. 오늘은 공유할 거 없냐?"

동주 짝이 물었다.

"없어."

"왜 없냐? 뭐라도 좀 알려줘라. 궁금하잖아. 그림자를 밟기 시작했는데 그게 누구 그림자인지 그것 좀 알려주면 안 돼? 범인을 밝히는 게 아직 좀 그러면 그림자를 어디까지 밟았는지 그 정도라도 알려주면 안 되냐?"

동주 짝이 간절한 눈으로 동주를 바라봤다.

"응. 안 돼."

동주는 잘라 말했다.

나는 이온이가 시키는 대로 침착하려고 애썼다. 하지만 동주가 움직일 때마다 심장은 터졌고 심장이 터진 파편은 내 몸을 이리저리 휘젓고 다녔다. 몸과 마음이 모두 피투성이가 된 듯 나는 정신을 차릴 수 없었다.

점심시간에 동주가 내 옆에 앉았다. 숟가락을 든 손이 떨렸다.

"에이, 야야, 긴장 풀어. 왜 이렇게 긴장을 해? 몸이 뻣뻣해서 치면 부러지겠다. 한이온과 강시연. 나는 너희 둘과 2학년 때부터 쭉 같은 반이었어. 둘 사이를 아주 잘 알지. 둘은 빵집에 마주 앉아 이야기를 나눌 사이는 아니지. 가만 생각해 보니까 최근 들어 이온이가 너를 자주 찾는 거 같더라고."

꼴깍!

나는 마른침을 삼키다 놀라서 숨을 멈췄다. 긴장해서 넘어간 마른침이었다. 동주가 들었으면 어떻게 하나 걱정이 되었다.

"너랑 유재는 전혀 연결된 지점이 없었거든. 그런데 이온이가 끼어들면 이야기가 달라져."

그림자 밟기!

동주가 나를 밟고 있었다. 자근자근.

"이온이와 유재는 사귀는 사이야. 유재도 이온이 얘기 몇 번 했거든. 유재가 이온이를 되게 많이 좋아하는 거 같았어. 좋아하면 막 말을 하고 싶어지거든. 그런데 왜 공개적으로 사귀지 않는지는 말해주지 않았어. 별로 궁금하지 않아서 물어보지도 않았지만. 시연이 너도 유재랑 이온이가 사귀는 거 알고 있었니?"

나는 다문 입에 힘을 주었다.

"이온이와 유재가 혹시 싸웠나?"

나는 동주를 쳐다보지도 않았다.

"아니면 이온이는 유재를 좋아하지 않았던 걸까? 유재 혼자 일방적으로 좋아한 걸까? 이온이는 유재를 떼어내고 싶었고 말이야. 아니지, 유재 같은 애를 싫다고 할 이유는 없는데. 우리 학교 여자아이들 중에 유재 싫어하는 애는 없을걸. 혹시 하윤이가 문제가 되었나?"

동주가 툭하니 던진 하윤이 이름이 귀에 쏙 들어왔다.

"하윤이가 유재를 좋아하거든. 유재랑 같이 농구하고 싶어서 농구 교실에 등록할 정도였으니까. 혹시 유재가 하윤이랑 바람을 피웠나?

동주는 쉬지 않고 말했다.

"그 가능성이 제일 그럴듯한데. 유재가 바람을 피우는 바람에 이온이가 제대로 열받은 거지. 그래서 복수를 한 거고 말이야. 강시연 너는 이온이의 복수 도구가 된 거고. 훔친 유재 휴대폰을 도로 유재 사물함에 가져다 놓는 일을 너한테 시켰을 거야."

동주 펀치가 턱으로 훅 들어왔다. 펀치는 강력했다. 나도 모르게 몸을 움찔거렸다. 하마터면 동주를 바라볼 뻔했다.

"맞지?"

동주는 한 번 친 턱을 더 강력하게 쳤다.

"너는 그냥 이온이가 시키는 대로 한 거 다 알아. 솔직히 말해봐."

집요할 정도로 달달 볶아대던 동주는 대부분의 아이들이 급식실에서 빠져나가자 자리에서 일어났다.

"그렇게 버텨봤자 소용없어. 너는 진실을 말하게 될 테니까. 겁먹지 마. 모든 게 다 이온이가 잘못한 거야. 너는 시키는 대로 했을 테니까."

동주가 한마디 더 하고는 급식실에서 나갔다. 모든 게 다 이온이 잘못이라고? 그럼 내 잘못은 하나도 없는 걸까? 그건 아니다.

'이온이와 나를 저울 위에 올려놨을 때 누구 잘못이 더 무거울까? 어느 쪽으로 기울어질까? 조금 더 무겁고 조금 덜 무겁고가 중요한 걸까.'

나는 온종일 이런 생각과 동주 눈길에 시달렸다.

수업이 끝나자마자 곧바로 교실에서 뛰쳐나왔다. 횡단보도에서 신호가 바뀌기를 기다리고 있는데 미리가 옆에 와 섰다.

"바쁜 일 있냐?"

미리가 물었다.

"아무리 바빠도 좀 보자. 길 건너서 오른쪽 길로 오십 미터쯤 들어가면 무인 카페 있거든. 그리 와."

미리는 한마디 던지고는 신호가 바뀌자마자 뛰어서 길을 건너갔다.

무인 카페에는 탁자 두 개가 놓여 있었고 미리는 안쪽 탁자 앞에 앉아 있었다.

"앉아. 뭐 사지 마. 마시고 싶은 것도 없는데 사면 돈 아깝잖아. 그래서 무인 카페로 오라고 한 거야. 나는 무인 카페의 그런 점이 참 좋더라고."

미리가 앞자리를 턱으로 가리켰다.

"강시연. 너 동주한테 물렸지?"

자리에 앉자마자 미리가 물었다.

"범인 잡겠다고 눈이 시뻘게져 있는 애한테 제대로 걸린 거 같더라. 아까 급식실에서 아주 프라이팬의 멸치처럼 달달달 볶이고 있더만. 동주가 어느 정도 알고 있대? 야, 솔직히 다 말해. 도와줄 수 있으면 도와주려고 그러는 거니까. 네가 너무 딱해 보여서 말이야."

미리는 이마로 흘러내린 앞머리를 뒤로 쓸어넘기며 말했다. 표정이 진지했다. 도와준다는 말이 거짓말 같지는 않았다. 그리고 따지고 보면 미리도 완전히 나 몰라라 할 수는 없는 처지다. 동주가 미리에게는 접근하지 않았는지 궁금했다. 이온이와 미리가 한동안 붙어 다닌 건 동주도 알고 있을 테니까.

나는 동주를 만났던 일과 어제 있었던 일을 대충 정리해서 미리에게 말했다.

"동주 입장에서는 열받을 만하지. 아무 죄도 없이 억울한 누명을 쓰게 되었잖아. 내가 동주라도 눈 돌아가겠다."

"미리 너는 괜찮아?"

"뭐가?"

"동주가 너는 가만두냐고. 너랑 이온이랑 한동안 붙어 다녔잖아. 오늘 동주가 너한테는 아무것도 안 물어봤어?"

"풋."

미리가 갑자기 웃음을 터뜨렸다.

"걔, 나한테는 절대 안 물어볼걸. 내 걱정은 하지 말고, 야, 강시연. 너 나를 알바로 써라. 알바비는 네가 주고 싶은 대로 줘도 돼. 최저 임금 같은 거 안 따지고 알바로 뛰어줄게."

"알바?"

"웬만하면 써라."

미리 얼굴에서 웃음기가 사라졌다.

나는 멍하니 미리를 바라봤다. 단 한 번도 생각해 본 적 없는 제안이었다.

"하루에 이천 원. 야, 완전 거저 아니냐? 계약 기간은 일단 열흘. 다시 계약을 연장할 수도 있고 종료할 수도 있어. 콜?"

"무슨 알바…….나는 알바 쓸 일 없어."

"강시연. 너, 혼자서는 이 상황을 헤쳐나가지 못해. 동주 개 되게 치밀해. 이온이? 이온이는 제 발등에 떨어진 불 끄기도 바쁠걸? 너는 신경 못 써준다고."

미리 말이 틀린 말은 아니었다. 동주는 내가 상대하기에는 버겁다. 솔직히 말하면 입을 다물고 있는 게 언제까지 통할지 그것도 불안했다. 이온이는 동주가 넘겨짚는 수준이라고 했지만 미리 말대로 동주는 치밀했다. 나도 모르게 동주에게 휘말릴 수 있다는 걱정이 들었다. 그리고 동주가 언제 어느 때 핵폭탄 같은 걸 들고 나타날 수도 있다.

"너를 알은척도 하지 말고 쳐다보지도 말라더니."

미리가 몇 번이나 당부했던 말이다. 그런데 왜 갑자기 마음이 바뀌었는지 그게 궁금했다.

"알은척하려고 알바로 쓰라고 그러는 거잖아. 입 다물고 버티는 거? 그게 통할 때가 있고 통하지 않을 때가 있어. 나는 동주에 대해 아주 잘 알아. 동주 개는 두 개의 얼굴을 갖고 있어. 엄청나게 야무지고 똑똑하고 모범적인 모습, 대부분의 아이들이 알고 있는 얼굴이지. 하지만 숨겨두고 잘 보여주지 않는 얼굴이 있어. 진짜 눈이 획 돌아가기 전에는 잘 볼 수 없는 얼굴인데 그 얼굴을 하고 있을 때는 인정사정 같은 거 없어. 강시연, 너 잘못하다가는 죽사발 될 수 있다고. 졸업 때까지도 견디지 못하고 두 손 두 발 다 들고 학교를 뛰쳐나가는 일이 발생할 수 있다고. 이온이도 믿지 마. 이온이는 자기 빠져나갈 구멍만 찾을걸? 이온이는 지금 너한테 다 뒤집어씌울 계획을 짜고 있을 거야. 너, 음악 샘 사건 알지? 그렇게 큰일을 저질러놓고, 사람 하나 완벽하게 병신 만들어 놓고도 눈 하나 깜짝하지 않는 아이가 이온이야."

"이, 이온이는 야, 약속은 지키는 아이라고 하지 않았어? 미리 너도 그런 말 했잖아. 나, 나를 뺄어낸다고 약속했어."

"아휴, 참 이걸 착하고 순진하다고 계속 밀고 나가야 하나, 아니면 다른 아이들처럼 바보라고 생각해야 하나. 자신이 막을 수 있는 파도는 겁내지 않는 법이야. 하지만 집채만 한 해일이 눈앞으로 밀려오면 겁이 나겠니, 안 나겠니? 이온이도 일이 이렇게 될 줄 몰랐을걸? 너, 내 말을 흘려듣지 마. 엄청 심각한 얘기니까. 어떻게 하다가 무서운 아이들 중간에 끼었냐? 햄버거 속 패티도 아니고. 아, 동주에 대해 어떻게 속속들이 다 알고 있는지 궁금하지? 2학년 때 동주 알바로 뛴 적이 있었거든. 나는 사람 가려가며 알바 뛰지 않거든. 나를 고용하겠다는 사인이 오면 웬만하면 오케이 해. 이건 말이야, 이온이도 모르는 일인데 이틀 동안 유재 알바로 뛴 적도 있어. 나름 유재에 대해 아는 것도 많은 편이야. 하지만 알바를 뛰면서 꼭 지키는 철칙이 있어. 나를 고용했던 고용주의 비밀은 누구에게도 누설하지 않아. 지킬 건 지키는 편이지."

유재의 비밀을 알고 있다는 말로 들렸다.

"호, 혹시 유재가 왜 결석하는지 알고 있어? 진짜 아파?"

어쩌면 미리가 이번 일에도 아는 게 있을 수도 있다는 생각이 들었다. 미리가 고개를 저었다.

"알바로 쓸 거지?"

"왜, 왜 나를 도와주려고 해?"

"그런 질문이 어디 있냐? 돈 벌 일이 있으면 누구 알바든 뭔 상관……. 강시연, 아무래도 그래야 할 거 같아서. 그러지 않으면 두고두고 후회할 거 같아서 이러는 거야. 알바비 줄 돈 없으면 무료로 해줄게. 무료 변호인들도 많다는데 무료 알바가 없으라는 법 있냐?"

나는 미리를 빤히 바라봤다. 이러지 않으면 왜 후회할 거 같은지 궁금했다.

"아휴, 왜 또 그런 눈으로 봐? 내가 왜 이러는지 궁금하냐?"

나는 고개를 끄덕였다.

"내가 있잖아. 다 좋은데 단점이 하나 있거든. 코딱지만 한 은혜라도 입으면 꼭 갚아야 해. 그래야 속이 시원해. 강시연, 너는 생각 안 나니?"

미리가 뭘 묻는지 알 수 없어서 대답할 수 없었다.

"초등학교 2학년 때야. 오줌이 엄청 급했거든. 화장실 칸마다 꽉 찼고 그날따라 줄은 길었어. 완전 싸기 직전이었지. 새치기라도 하고 싶었지만 그럴 수가 없었어. 그 나이 때는 그러면 큰일나는 줄 알았잖아? 도덕과 예절을 지키지 않으면 큰 죄를 짓는 거로 알고 말이야. 발을 동동 구르고 있는데 앞에 있던 애가 안으로 들어가려다 말고 뒤돌아 보더라고. 바로 시연이 너였어. 너는 나보고 먼저 들어가라고 양보했어. 그때 네가 양보해 주지 않았으면 나는 바지에 쌌을 거야. 그런데 나중에 네 바지 뒤를 보니 축축하게 젖어 있지 뭐냐? 나한테 차례를 양보하고 너는 바지에 싼 거지. 너, 그런 애였어."

오줌을 쌌던 일은 기억 났다. 그날 놀림을 얼마나 많이 받았는지 절대 지울 수 없는 기억이었다. 하지만 미리에게 양보를 했던 건 생각나지 않았다.

"애들한테 놀림받는 너를 보며 얼마나 미안했는지 몰라. 그런데 미안하다는 말, 고맙다는 말을 못 하겠더라. 애들한테 놀림받는 너한테 말을 걸면 나도 똑같이 놀림받을 거 같았거든. 너를 볼 때마다 그 일이 떠올랐지만 그동안 표 안 내고 잘 지냈는데 어제 동주와 나란히 앉아 있는 네 모습을 보고 그냥 지나면 안 되겠다고 생각한 거지. 내 단점이 스멀스멀 기어나온 거야. 널 지켜주고 싶어. 진심이야. 지켜준다고 해서 총칼을 들고 앞장서서 뭘 하겠다는 뜻은 아니야. 나는 그럴 정도로 힘이 있는 아이도 아니야. 그냥 네 옆에 꼭 붙어 있겠다는 얘기야. 내가 꼭 붙어 있으면 아무래도 동주가 널 마음대로 주무르지 못할 거니까. 앗, 이런.”

말을 하며 무심코 휴대폰을 보던 미리 눈이 동그래졌다.

“알바 늦겠다. 빨리 가봐야 해. 주말 동안 생각해 보고 말해줘. 다시 말하지만 웬만하면 써라. 나한테 은혜 갚을 기회는 줘야지. 나, 간다. 이온이 알바 그만두면서 좀 쉬려고 했는데 쉴 형편이 안 되어서 곧바로 다른 알바 시작했어. 이번 알바 고용주는 성격이 더러워서 알바 시간에 조금만 늦어도 지랄 난리 부르스거든. 예전에도 얘 알바한 적이 있긴 한데 그때는 이러지 않았거든. 간다.”

미리는 무인 카페에서 뛰쳐나갔다.

4월 28일

기차가 달렸다. 휘날리는 눈발을 뚫고 쉬지 않고 달렸다. 기차가 터널로 진입했다. 터널은 어둡고 길었다. 터널을 벗어나자 높고 파란 하늘이 성큼 기차 안으로 들어찼다. 기차는 여전히 쉬지 않고 달렸다. 파란 하늘을 뚫고 단풍이 가득한 산 옆을 지나자 다시 터널이 나타났다. 터널은 여전히 어둡고 길었다. 터널을 나서자 눈앞에 바다가 펼쳐졌다. 눈부시게 하얀 모래밭에는 피서객들로 가득 찼다. 바다를 지나자 또 터널이었다. 터널 저 끝으로 꽃잎이 흩날리고 있었다. 봄이었다.

나는 요란한 소리에 눈을 번쩍 떴다. 아직 어두웠다. 천둥 번개가 치며 비바람이 불고 있었다.

"몇 시지?"

휴대폰을 확인하는 순간 나는 자리를 박차고 일어났다. 휴대폰 화면에 기차 티켓이 떠 있었다.

4월 28일

출발역: 안녕기차역

도착역: 그날

"그날?"

나는 불을 켜고 달력을 확인했다. 4월 28일.

기차 티켓에서 기차 달리는 소리가 들렸다. 아주 오래전 기차 소리. 철커덕철커덕.

나는 규칙적인 기차 소리를 들으며 다시 잠이 들었다.

눈을 떴을 때는 아침이었다.

4월 28일 아침.

창문을 때리는 빗소리가 요란했다. 나는 휴대폰 속 달력을 한참이나 바라봤다.

'내가 시간을 거슬러 그날로 돌아온 거야. 4월 28일.'

정신 똑바로 차리고 그 일의 시작이었던 오늘을 뒤바꿔야 한다. 나의 잘못된 선택을 바꿔야 한다.

똑똑.

"시연아. 학교 가야지."

엄마가 방문을 두드렸다. 휴대폰을 놓고 자리에서 일어났다. 학교에 가면 미리를 볼 수 있구나, 가슴이 터질 듯 뛰었다.

아빠가 식탁 앞에 앉아 밥을 먹고 있었다. 엄마 눈은 퉁퉁 부어 있었다.

"또 울었어?"

짜증이 밀려왔다.

"울기라도 해야지. 아무것도 하지 않고 있으면 되겠냐?"

아빠가 식탁에 숟가락을 요란스럽게 놓으며 말했다. 아빠가 엄마에게 또 한소리 한 게 분명했다.

"애가 집 나간 지가 언젠데 아직도 못 찾아? 찾기는 하는 거야? 노력이라도 하느냐고?"

아빠 목소리에 원망이 서려 있었다.

"아빠는 찾았어? 그런 논리라면 아빠도 울어야지. 울기라도 해야지. 아빠는 왜 울지도 않고 엄마만 못 잡아먹어서 난리야? 아빠는 엄마가 만만해? 이래도 흥, 저래도 흥, 사람이 착하니까 하니까 바보 멍청이로 보여?"

나는 눈을 부라리며 아빠에게 대들었다.

"얘가 왜 이래? 아주 막 나가겠다, 이거냐?"

아빠가 자리를 박차고 일어났다. 그 바람에 식탁이 흔들리며 국그릇이 떨어졌다. 국그릇은 박살이 났다. 박살 날 정도로 세

게 떨어지지도 않았는데 말이다. 엄마가 소스라치게 놀라 깨진 그릇을 치우기 시작했다.

아빠가 두 주먹을 불끈 쥐고 나를 노려봤다. 나도 아빠를 노려봤다.

"아휴, 정말 마음에 드는 게 하나도 없어."

아빠는 목에 핏대가 서도록 소리치며 주방에서 나갔다.

"내가 정말 못살겠다."

엄마가 깨진 그릇 치우던 손을 멈추고 주방 바닥에 주저앉았다. 그러고는 울기 시작했다.

"그만 좀 울어."

나는 소리를 빽 질렀다. 엄마가 움찔했다. 그 모습을 보자 미안함이 밀려왔다. 엄마한테는 이러지 말자고 매일 다짐하면서도 또 이러고 말았다. 나는 눈물을 훔치고 있는 엄마를 물끄러미 바라봤다. 오빠는 비밀을 지키지 않으면 영원히 꽁꽁 숨어버릴 거라고 말했지만 말해야 할 거 같았다. 오빠는 지금 엄마 상태가 어떤지 몰라서 비밀이니 어쩌니 헛소리를 하는 거다. 집을 뛰쳐나간 오빠 자신의 자존심 때문에 그러는 거다. 지금의 엄마 모습을 본다면 감히 비밀이니 뭐니 말하지는 못할 거다.

"엄마."

엄마가 눈물 훔치던 손을 멈추고 나를 바라봤다.

"오빠한테 연락 왔었어."

"정말?"

엄마가 벌떡 일어났다.

"잘 있대? 어디래? 집에 온대?"

엄마는 내 손을 덥석 잡고 여러 가지를 한꺼번에 물었다.

"잘 있는 거 같아. 꼴을 보니 곧 돌아올 거 같기도 하고."

"꼴을 보니? 시후랑 만났었니?"

"그게 아니고, 돈을 보내달라고 연락이 왔더라고."

나는 오빠와 연락했던 내용을 엄마에게 말했다. 엄마에게 비밀로 해달라고 했다는 말을 듣는 순간 엄마는 '무슨 그런 미친놈이 다 있다니. 아니 왜 나한테 비밀로 해?' 이러고 화를 냈지만 정말 화가 나서 그러는 게 아니라는 것이 표가 났다. 엄마 얼굴에 오랜만에 화색이 돌았다.

"모른 척하고 있어. 곧 다시 연락 올 거야. 연락 오면 또 말해 줄게."

"알았어. 시연아, 네가 시후한테 잘 말해서 집에 들어오라고 좀 해줘. 응?"

엄마는 내 손을 꼭 잡고 간절하게 말했다. 그러겠다고 대답했지만 강시후, 그 인간이 내 말을 순순히 들을 인간은 절대 아니다.

방으로 들어와 가방을 챙기다 정신이 번쩍 들었다. 오늘은 그날이기도 했다.

나는 아빠가 출근하자마자 주방으로 갔다. 엄마는 설거지를 하고 있었다.

"엄마. 오늘 어디 가지? 거기 안 가면 안 돼?"

나는 다짜고짜 말했다.

"왜? 오후에 엄마가 집에 있어야 할 일 있어? 저녁 다 해놓고 갈 거니까 냉장고에서 꺼내서 먹기만 하면 돼. 아주 오래전부터 약속되어 있는 거고 일 년에 한 번 만나는 초등학교 동창회거든. 시후가 어디서 어떻게 지내고 있는지도 모르는데 나라고 밥 먹으면서 떠들고 싶겠니? 어쩔 수 없는 상황이라는 게 있어. 내가 올해 총무를 맡았는데, 내가 안 나가면 밥값이고 뭐고 계산은 누가 하겠니? 저녁만 먹고 금방 들어올 거야. 식당도 우리 아파트 근처야."

"지금 동창회가 문제가 아니야. 총무가 중요한 게 아니라고."

나는 두 눈을 크게 뜨고 엄마를 똑바로 바라봤다.

"얘가 갑자기 왜 이래?"

"자세히 말할 수는 없어. 하지만 엄마에게 되게 중요한 일이야. 엄마에게만 중요한 게 아니고, 우리 집안에 중요한 일이야. 엄마는 지금처럼 아빠에게 당하고 사는 것도 부족해서 한 단계 더 업그레이드된 괴롭힘을 당하고 싶어? 아무튼 자세히는 말 못 해. 꼭 가야 한다면 밥만 먹고 돌아와야 해. 노래방에 절대 가면 안 돼."

"뭔 소리야? 노래방에는 왜 가? 내가 지금 노래를 부를 상황이니? 무슨 신나는 일이 있다고 노래를 불러? 매일 울고 싶은 상황이지. 별걱정을 다 하네."

엄마가 한숨을 쉬었다.

"노래는 뭐 신날 때만 불러? 힘들고 슬플 때도 불러. 친구들이 가자고 하면 그래, 가서 스트레스라도 좀 풀어보자, 그러면 이 지옥 같은 마음이 잠깐이라도 풀어질 거야, 이럴 수도 있잖아. 절대 가면 안 돼."

나는 다짐을 주었다.

"얘가 정말 왜 이래? 안 간다고. 가고 싶은 마음 없다고. 걱정하지 말고 빨리 학교 가. 아니다, 시연아. 뭐라도 먹고 가. 밥을 한 숟가락도 못 먹었잖아? 국에 밥 말아줄까? 아니면 달걀프라이 해줄까?"

"됐고, 엄마, 노래방…… 절대 가면 안 돼. 오늘 동창회에 가서 저녁을 먹고 나면 엄마 친구들이 노래방에 가자고 할 거야. 물론 엄마는 안 된다고 말할 거야. 그런데 친구 중에 한 명이 오늘 생일이라지 뭐야. 생일 파티를 노래방에서 간단하게 해주자는 말이 나올 거고 뿌리칠 수 없는 상황이 올 거야. 엄마는 총무니까 더더욱. 그런데 남자 동창 중에 한 명이 술도 더럽게 못 마시면서 오늘따라 뭐에 홀린 듯 노래를 부르면서 술을 퍼마실 거야. 그러고는 토하고 난리가 나는 거지. 엄마는 약을 사다 주려고 노래방 밖으로 나오거든. 약을 사 가지고 노래방으로 돌아가는데 그 남자 동창이 밖에 나와 있어. 토하고 싶다고 말이야. 그러고는 웩웩거리는데 시원하게 토하지를 못해. 엄마는 모른 척 들어가기 좀 그래서 남자 동창이 토하는데 등을 두드려 줬어. 그런데 남자 동창이 토하고 일어서며 비틀비틀 정신을 못 차리고 엄마한테 쓰러졌어."

"뭔 소리야?"

엄마가 눈을 멀뚱거렸다. 뭔 소리는 뭔 소리, 엄마가 아빠한테 하는 말을 내가 들었던 거다. 엄마가 억울하다면서 울며불며 했던 말.

"그 모습을 남들이 보면 딱 둘이 부둥켜안고 있는 그림인 거지."

"강시연. 너 대체 뭔 소리를 하는 거야?"

"그런데 끔찍하게도 그 모습을 아빠가 본 거야."

"뭐라고?"

엄마가 얼굴을 찡그렸다.

"아빠가 봤다고. 엄마랑 엄마 남자 동창이 끌어안고 있는 모습을."

"무슨 생각으로 그런 상상을 하는지는 모르지만 끔찍하구나. 너 오늘 진짜 왜그래? 엄마가 동창회 나가는 게 싫어서 그러는 거야? 그래도 가야 해. 안 나갈 형편이 아니라고. 아유, 듣기만

해도 소름 끼치게 끔찍하네.”

“끔찍하지? 그런 상황이 펼쳐지면 어떻겠어? 아빠한테 아무리 진실을 얘기해 봤자 통하지도 않을 거야. 오늘 절대 노래방 가지 마. 노래방에 가면 오늘 밤, 엄마가 아빠한테 조금 전 그 말을 하게 될 테니까. 나, 아무것도 안 먹을 거야. 배 안 고파. 학교 간다.”

“오늘 밤에 내가 왜 너희 아빠한테 그런 말을 해? 얘가 이상한 소리를 하고 있어.”

엄마는 상상이라고 여긴 내 말에도 엄청난 충격을 받은 거 같았다.

죽으면 안 돼

교실에 들어서자마자 미리 자리로 눈이 갔다. 미리 자리는 텅 비어 있었다. 미리 자리가 있는 걸 보면 4월 28일로 돌아온 건 확실했다. 미리가 떠나고 나서 열흘 뒤, 미리 자리는 교실에서 없어졌으니까.

게시판 앞에 동주 짝과 아이들 서너 명이 서 있었다.

그림자 밟고 일어서기.

게시판에는 이렇게 쓴 종이가 붙어 있었다.

"너무 추상적이지 않냐? 공유를 하려면 좀 구체적으로 하면 안 되냐? 무슨 시 쓰는 것도 아니고."

누군가 볼멘소리를 했다.

"무식하기는. 저거보다 어떻게 더 구체적으로 쓰냐? 그림자 밟고 일어서기, 그림자를 밟았다는 말은 범인이 누군지 알았다는 뜻이고, 밟고 일어난다는 말은 밝힌다는 말이지. 동주야, 맞지?"

동주 짝이 고개를 돌려 동주를 바라봤다. 동주는 꼼짝도 하지 않고 휴대폰에 코를 박고 있었다.

그때였다. 교실 앞문으로 미리가 들어왔다. 나와 눈이 마주친 미리 입꼬리가 웃을 듯 말 듯 움직였다. 눈물이 왈칵 쏟아졌다.

미리야, 오랜만이야.

많이, 정말 많이 보고 싶었어.

눈물을 닦는데 미리가 놀란 눈으로 바라봤다. 미리는 책상 위에 가방을 내던지고는 나에게 나오라는 눈짓을 했다.

"동주가 뭐라고 했냐?"

복도로 나가자마자 미리가 물었다. 듣고 싶어서 환청까지 들리던 미리 목소리였다. 눈물이 쉬지 않고 쏟아졌다. 나는 미리 손을 꼭 잡았다. 절대 놓치고 싶지 않은 손이었다.

"아이 씨. 동주가 뭐라고 했는데? 혹시 다 밝혀낸 거야? 하룻밤 새에?"

"아, 아니야."

나는 고개를 저으며 미리를 잡은 손에 힘을 주었다.

"그럼 왜 그래?"

내가 이유를 설명해도 미리 너는 믿지 못할 거야. 나는 미리 네가 없는 몇 달을 보냈고 다시 그 시간을 거슬러 올라왔거든. 네가 떠나고 나서 두고두고 후회가 되었던 오늘의 선택을 뒤바꾸려고. 미리야, 절대 떠나지 마, 떠나면 안 돼.

"그, 그냥 집에 일이 좀 있어서⋯⋯."

"그래? 무슨 일인지는 모르지만 심각한 일이 있나 보네. 이따 수업 끝나고 무인 카페로 와."

미리는 교실로 들어갔다.

그때 동주가 복도로 나왔다.

"미리 쟤, 이온이 알바 그만둔 거 같던데 너한테 무슨 볼일이 있니? 너, 울었냐?"

동주가 내 얼굴을 빤히 바라봤다. 나는 두 손으로 얼굴을 박박 문질렀다.

"너, 게시판 봤지?"

동주가 물었다.

"그림자 밟고 일어서기."

동주가 말을 씹듯 천천히 말했다.

"나한테 할 말 없어? 너, 나에 대해 잘 모르는 거 같은데 친절히 설명해 줄게. 내가 세상에서 제일 짜증 나고 싫은 게 뭔지 아니? 억울한 거! 나는 그건 못 참아. 나는 진짜 열심히 살거든. 집에서도 학교에서도 싫은 소리 듣지 않으려고. 공부도 죽어라고 하고 학교생활도 잘하려고 죽어라고 노력해. 죽어라고 노력해서 모범생, 착한 딸이란 이름을 얻었어. 그런데 엉뚱한 곳에서 시궁창 물이 쏟아져 들어오더라고. 가만히 있다가는 그 시궁창 물을 내가 다 뒤집어쓰게 생겼어. 나는 시궁창 물은 단 한 방울도 용납 못 해. 내가 잘못한 거 눈곱만큼도 없는데 내가 왜? 나중에 진실이 밝혀진다고 해도 내 이름이 이리 치이고 저리 치인 거, 그것도 싫어. 그래서 내가 직접 범인을 잡으려는 거야. 그래야 그나마 덜 짜증 나고 덜 열받을 거 같아서. 강시연, 나는 너를 밟고 싶지 않아. 내가 밟고 싶은 건 진짜 범인의 그림자야. 껍데기 범인이 아닌 알맹이 범인. 나는 심부름 센터를 잡고 싶은 게 아니라고. 네가 이 일에 연루가 되었다면 심부름센터 같은 존재야. 나한테 말해. 그러면 너는 빼줄게."

'너는 빼줄게'라는 말에 힘이 유독 들어갔다. 나는 고개를 숙인 채 꼼짝도 하지 않았다.

"강시연!"

동주 목소리에 짜증이 가득 들었다. 나는 알 수 있었다. 이온이 말대로 동주는 넘겨짚고 있다는 사실을. 동주가 게시판에 붙이는 글들은 범인과의 머리싸움, 게임과 같다는 것을. 동주는 이온이와 내가 이 사건에 결부된 건 알고 있다. 하지만 심증일 뿐 결정적인 증거와 증언이 없다.

"나는 할 말 없어."

나는 단호하게 말했다.

"강시연. 너 생각보다 독하다. 하지만 소용없어."

동주 눈에 핏발이 서 있었다.

동주가 이해가 되었다. 동주에게 아무 잘못도 없는 건 사실이다. 유재한테 햄버거 값을 받았는지 어쨌는지 모르겠지만 동주 엄마가 흔쾌히 카드로 햄버거 값을 내라고 허락한 건 동주가 동주 집에서 어떤 존재인지 알 수 있는 부분이다. 그렇게까지 했는데 모든 것이 동주가 꾸민 일이라는 말을 듣다니. 나중에 진실이 밝혀진다고 해도, 그래서 잠시 잠깐 머물다 사라질 소문이라고 하더라도 동주 입장에서는 참을 수 없을 수 있다. 잠시 잠깐 머물나 사라지는 소문에 치명타를 입는 사람들도 많다. 인터넷에 보면 몇 년이 지난 헛소문이 두고두고 꼬리처럼 따라다니며 괴롭히는 연예인들도 더러 있다. 그게 꼭 연예인들만의 문제는 아닐 거다.

'강시연, 정신 똑바로 차려야 해.'

나는 나 자신에게 최면을 걸 듯 수백 번도 넘게 이 말을 되뇌었다. 특히 오늘은 미리에게만 집중해야 했다.

수업이 끝나고 무인 카페로 향했다. 퍼붓던 비는 멈췄고 하

늘은 말갛게 개어 있었다. 비가 내리고 난 후라 그런지 햇볕은
더 쨍했다.

나는 레모네이드 두 잔을 샀다.

"강시연, 돈 아깝게 음료수는 왜 샀어?"

문을 열고 들어오던 미리 눈이 휘둥그레졌다. 내가 산 것이
레모네이드가 아니라 금덩어리인 것처럼.

"마시고 싶어서. 그리고 아무리 무인 카페지만 계속 아무것
도 안 마시면서 앉아 있는 거 미안하잖아."

"어차피 샀으니까 마시자. 오호, 강시연. 내가 레모네이드 좋
아하는 거 어떻게 알았냐? 시연이 너도 레모네이드 좋아하는
거야?"

나는 레모네이드를 별로 좋아하지 않는다. 내가 왜 레모네이
드를 뽑았을까? 나도 모르게 무심코 레모네이드를 눌렀었다.

"생각해 봤지? 생각은 무슨, 나를 알바로 쓰면 되는 거지."

미리는 레모네이드를 벌컥벌컥 마시며 말했다.

지금이었다. 그때 나는 미리의 제안에 뭐에 홀린 듯 고개를
끄덕였었다. 동주가 무서웠고 이온이도 무서웠고 내게 일어나
는 모든 일들이 다 무서웠다. 미리가 내민 손목을 잡는 일이 내
가 살 길이라고 여겼었다.

나는 마음을 다잡았다.

"아니."

나는 레모네이드가 들어 있는 종이컵을 두 손으로 꼭 잡았다.

"나는 너를 알바로 안 쓸래."

나는 정신을 똑바로 차리고 또박또박 말했다. 심장은 터질 듯 뛰었고 입안은 바짝 말랐다.

"왜? 알바비 줄 돈 없어서? 무료로 해준다고 했잖아."

"그게 아니고."

"그럼 왜?"

"나, 나 혼자서도 해낼 수 있을 거 같아서."

힘이 넘치게 말하고 싶었다. 하지만 말이 매끄럽게 나오지 않고 한 번씩 혀가 꼬였다. 입안이 말라서 그럴 거다.

"아니, 잘해낼 수 있을 거 같은 게 아니라 잘해낼 수 있어."

나는 자신 있게 말하고 싶어 목소리를 높였다. 내가 유재 휴대폰을 훔친 걸로 결론이 나고 그래서 그 꼬리표를 계속 달고 다닌다고 해도 상관없었다. 견디다 못해 학교를 뛰쳐나가는 일이 있어도 나는 오늘의 선택을 돌려놔야 했다.

"혼자서도 해낼 수 있는 거 좋아하네. 아까 복도에서 동주한 테 또 제대로 당하고 있더만. 좋아, 알바비는 이 레모네이드로 대신하자. 계약 기간은 열흘."

그때 미리 휴대폰에서 문자음이 들렸다.

"아, 또 더럽게 지랄하네. 계약을 할 때 좀 신중하게 했어야 하는데 실수했어. 시간을 정해놓고 시작해야 했는데 학교 수업 시간 외에는 프리로 계약했거든. 알바비가 좀 세서 말이야. 그런데 이건 뭐 아무 때나 불러대네. 나, 가야겠다."

미리는 남은 레모네이드를 단숨에 마시고 일어났다.

"미리야."

나는 미리 손목을 잡고 미리를 똑바로 바라봤다. 미리도 내 눈을 바라봤다.

"미리야."

"얘가 왜 이렇게 심각해? 불렀으면 말을 해, 말을."

"미리야. 나는, 나는 절대, 절대 이 손목 놓치고 싶지 않아."

나는 쏟아지려는 눈물을 겨우 참았다.

"이 손목을 계속 잡고 있고 싶어. 중학교를 졸업하고 고등학교에 가고 대학교에 가고 어른이 되고 할머니가 되고 죽을 때까지."

그러니까 너는 죽으면 안 돼! 이 말이 튀어나오려고 했다.

"뭐? 크크크, 이거 고백이니? 으으으, 우정 맞는 거지? 너, 다른 뜻 아닌 거지?"

미리가 장난스러운 표정으로 웃었다.

"나는 알바 친구만 있어. 나도 진짜 친구 한 명 있으면 엄청 좋지. 그래, 강시연. 내 손목 꼭 잡아. 내가 너 혼자 다 뒤집어쓰는 일, 절대 없게 할 테니까. 우리 친구하자."

"아, 아니야. 그 말이 아니야. 친구가 되면 안 돼."

나는 고개를 내저었다. 우리는 절대 친구가 되면 안 된다.

"무슨 말이야? 친구가 되면 안 되는데 왜 죽을 때까지 손목을 꼭 잡고 가자고 해?"

나는 답답했다. 나는 얼마 뒤에 일어날 루리백화점 사건을 말해주려고 마음먹었다. 그렇지 않으면 상황을 되돌리기 힘들 거 같았다. 하지만 그 일을 어디서부터 어떻게 말해야 하는지 머릿속이 뒤죽박죽이 되었다.

"친구를 하긴 하는데, 한 달 정도 뒤에 해. 지금은 아니야."

나는 아랫입술을 질끈 깨물었다. 한 달 뒤면 루리백화점 사건이 지난 후다.

"뭔 소리야?"

미리가 두 눈을 동그랗게 떴다. 그러더니 곧 픗 하고 웃음을 터뜨렸다.

"알바 거절하는 방법도 여러 가지구나? 좋아. 이거 한 잔 더 알바비로 줘라."

미리는 내 앞에 있는 레모네이드를 다 마셔버렸다.

"나, 돈 없어. 네 레모네이드를 다 마셨고 토해낼 수도 없고 그렇다고 다시 사줄 수도 없다고. 알바비로 퉁치자."

미리는 시간을 확인하더니 카페에서 뛰쳐나갔다. 잡고 어찌고 할 시간도 주지 않았다.

"안 돼."

나는 미리를 따라 달렸다. 미리는 큰길을 건넜다. 내가 횡단
보도 앞에 섰을 때 신호등은 바뀌어 있었다. 미리는 곧 내 시야
에서 사라졌다. 신호가 바뀌고 길을 건너 미리를 찾아 헤맸지
만 찾을 수가 없었다.

'내가 알바로 쓰지 않겠다고 분명 말했잖아. 그럼 선택을 되
돌린 거 아닌가?'

전에는 미리를 알바로 쓰겠다고 말했었다.

'하지만 레모네이드.'

레모네이드가 마음에 걸렸다. 미리는 레모네이드가 알바비
라고 말했다. 찜찜했다. 미리가 통치자고 했을 때 레모네이드
와 알바비는 아무 상관이 없다고 잘라 말하지 못한 게 후회되
었다.

나는 미리에게 계속 전화를 했다. 미리는 전화를 받지 않았다.

−레모네이드랑 알바는 아무 상관도 없어. 그리고 나는 절대로 너를 알
　바로 쓰지 않을 거야. 고용하지 않을 거라고.
−제발, 제발. 너 내 알바가 되면 안 돼. 그러면 루리백화점 지하 1층에 가
　게 돼. 거기 가면 안 돼.

연이어 문자를 보냈지만 답은 오지 않았다.

나는 이온이에게 전화해서 미리네 집이 어디냐고 물었다. 이

온이도 모른다고 했다.

나는 망설이다 동주에게 전화를 했다. 동주는 미리네 집이 어딘지 알고 있을 수도 있다. 미리는 동주 알바도 한 적이 있다고 했다.

"나한테 말할 거 있구나? 생각 잘했어. 말해."

"그게 아니라. 미리네 집, 미리네 집이 어딘지 알고 있는지 해서."

"미리네 집? 그건 왜?"

"알고 있으면 말해줘. 급한 일이라서 그래."

"급한 일? 너랑 미리랑 급한 일이 뭐가 있을까? 아하, 얼마 전에 미리가 이온이 알바 뛰었었지. 이온이와 시연이, 너희들 사이에 미리도 들어가 있는 거지? 물론 미리는 깊이 관여하지는 않았을 거야. 걔, 위험한 짓은 절대 하지 않거든. 그리고 미리 걔한테는 뭘 얻어낼 수도 없어. 알바의 자세가 철두철미한 아이거든. 비밀을 지키는 거로……."

"미리네 집 알면 빨리 좀 알려줘. 미리를 지금 만나야 해서."

나는 동주 말을 중간에 자르고 다시 말했다.

"강시연, 혹시 미리를 알바로 쓰고 있니? 하여튼 미리 걔는 돈 냄새는 잘 맡아. 하긴 알바로 먹고사는 애니까 그럴 만하지. 강시연. 네가 무슨 생각으로 미리를 알바로 쓰는지 모르겠지만 다시 한번 말해줄게. 미리는 위험한 일은 절대 하지 않아. 치고 들어가도 될 곳과 들어가면 안 되는 곳을 정확히 판단하는 아이야. 공연히 돈만 날릴 수 있다는 말이야. 그리고 미리네 집이 어딘지 몰라."

막막했다. 오늘이 가기 전에 미리를 찾아내야 하는데.

연수 언니의 선택과 엄마의 선택

'연수 언니?'

나는 걸음을 멈췄다.

가방을 들고 울면서 걸어오고 있는 사람은 연수 언니였다.
연수 언니는 오후 햇살을 등에 업고 흐느끼며 걷고 있었다. 멀
리서 봐도 얼마나 슬프게 우는지 알 수 있을 정도였다. 연수 언
니가 들고 있는 가방은 반려동물 전용 케이지였다. 가슴이 철
렁 내려앉았다. 연수 언니는 그날의 선택을 되돌리지 못했던
걸까.

"연수 언니."

연수 언니가 내 옆을 지나갈 때 나는 연수 언니를 불렀다. 연
수 언니는 부르는 소리를 듣지 못한 거 같았다.

"연수 언니."

나는 좀 더 크게 연수 언니를 불렀다. 연수 언니가 걸음을 멈췄다.

"어떻게 된 거예요? 선택을 되돌리지 못한 거예요? 되돌아가서 꼭 그날의 선택을 되돌리고 싶다고 했잖아요."

제발, 제발, 그러지 않았기를. 케이지를 열면 강아지가 뛰쳐나오기를. 저렇게 흐느끼며 우는 이유가 기쁨의 눈물이기를. 강아지가 수술을 견뎌내고 퇴원해서 집으로 돌아오는 길이기를. 나는 짧은 순간에 수많은 생각을 했고 간절히 바랐다.

연수 언니가 나를 바라봤다.

"아, 학생."

연수 언니는 나를 알아보지 못했다. 나는 그제야 증호가 고용했던 사람이 해주었던 말이 떠올랐다. 자신들이 원하는 그날로 돌아갔을 때만 증호, 달호와 관련된 일을 기억할 거라는. 연수 언니가 원했던 그날로 갔을 때 연수 언니는 달호와 거래를 했던 나를 만난 일을 기억했을 거고 나는 기억하지 못했다. 오늘은 내가 그걸 기억하고 연수 언니는 기억하지 못하는 거다.

"왜 울어요? 강아지 어떻게 된 거예요?"

연수 언니가 비록 그날의 나를 기억하지 못한다 하더라도 연수 언니와 나는 아파트에서 몇 번이나 만난 사이다. 이런 관심 정도는 괜찮을 거다. 나는 쪼그리고 앉아 조심스럽게 케이지 지퍼를 열었다.

"아!"

나는 두 손으로 신음 소리가 터져나오는 입을 막았다. 하얀 강아지가 하얀 수건을 배까지 덮고 옆으로 누워 있었다. 눈을 감고 꼼짝도 하지 않았다.

'연수 언니는 그날의 선택을 되돌리지 못했구나.'

연수 언니가 두 손으로 얼굴을 감싸며 소리내어 울었다.

나는 연수 언니를 부축해서 벤치에 앉았다.

"내가 오늘 미쳤었나 봐."

연수 언니는 흐느꼈다. 나는 연수 언니에게 해줄 말이 없었다. 어떤 말도 연수 언니를 위로할 수 없다는 걸 알고 있었다. 연수 언니가 간절히 원했던 게 어떤 것인지 나는 알고 있으니까.

"다른 날에는 동물병원에 가면 끝까지 대기실에서 기다렸었어. 몇 시간이 걸리든 꼼짝도 하지 않고. 그런데 오늘은 내가 미쳤었나 봐. 미쳤었던 거 맞아."

연수 언니는 혼잣말처럼 말했다. 나는 들썩이는 연수 언니 어깨를 토닥였다.

"어제저녁에 병원에 갔을 때 의사가 그랬어. 아침 9시까지 병원에 와서 강아지와 시간을 보내라고. 9시에 가서 우리 대복이를 만났어. 세상에, 털을 밀어놨더라고. 수술을 하려니까 그래야 했겠지. 그런데 우리 대복이가 좀 이상했어. 슬픈 눈으로 자꾸만 밖을 쳐다보는 거야. 자꾸만, 자꾸만. 지금 생각하니 다른 가족들을 보고 싶었나 봐. 10시에 의사가 데리러 왔을 때는 대복이 눈에 눈물이 맺혔었어. 그리고 다른 날에는 의사가 데리고 갈 때 넥카라를 하면 으르렁거렸는데 오늘은 으르렁거리지도 않고 넥카라를 하더라고. 몇 시에 수술이 끝나냐고 물어봤더니 11시에 수술실로 이동하고 다 끝나면 저녁 7시가 되어야 한다고 했어. 마취까지 다 깨고 나오는 시간이 그렇다는 건데 나는 바보처럼 그걸 수술이 끝나는 시간으로 알아들은 거야. 의사에게 안겨 들어가며 대복이는 나를 물끄러미 바라봤어. 슬픈 눈으로. 내가 미쳤었어. 거기에 대고 나는 '안녕!' 하고 손을 흔들었어."

연수 언니는 말을 멈췄다. 우느라고 다음 말을 잇지 못했다.

"나는, 나는 아침에 봤으니까 수술실로 이동할 때는 못 보는 줄 알았는데 아니었어. 수술실로 갈 때 다시 대기실로 와서 보호자를 한 번 더 보는 건데, 나, 그렇게 멍청하지 않은데 오늘은 왜 그랬을까? 미친 거지, 미친 거야. 대복이가 들어가고 나서 7시까지 병원에 있기가 뭐해서 병원에서 나왔어. 다른 때 같으면 7시가 아니라 더 긴 시간이라도 그 자리에서 기다렸을 거야. 12시쯤 문자가 왔어. 대복이 수술 시작한다고. 그때 정신이 번쩍 드는 거야. 바로 병원으로 달려가서 대기실에서 앉아 있었는데. 아아아아아."

연수 언니는 울부짖었다. 가슴 저 안에 고여 있는 피를 토해내듯.

"2시 정도에 의사가 나를 찾았어. 수술은 끝났는데 위급 상황이라고. 그리고 4시에 대복이는 떠났어. 수술실로 들어가기 전 대기실에 왔을 때 내가 없는 걸 보고 대복이는 무슨 생각을 했을까. 내가 저를 버리고 간 줄 알았을까? 그래서 포기한 걸까?"

나는 연수 언니 등을 토닥였다. 뭐라도 더 해주고 싶은데 그것밖에 해줄 게 없었다.

"아, 학생, 미안해."

한참 울고 난 연수 언니가 말했다.

"아니에요."

"학생이 우리 대복이를 본 적이 있으니까, 그래서 나도 모르게 이런 말까지 튀어나왔네. 오늘 집에 가서 하룻밤 재우고 내일 화장장에 가려고."

연수 언니는 케이지를 들고 일어났다.

나는 연수 언니가 모퉁이를 돌아서고 나서도 한참 동안 꼼짝할 수 없었다. 연수 언니가 좀 덜 슬퍼했으면 좋겠다. 하지만 그건 아무 소용없는 바람이라는 것을 알고 있다. 그날, 기차에서 그리고 기차역에서 만났던 연수 언니를 또렷이 기억하니까.

'길에서 내 이름을 불렀던 날이 연수 언니가 원했던 그날이

야. 왜 연수 언니는 선택을 되돌리지 못했을까.'

　문득 죽은 자와 연관된 선택은 되돌릴 수 없다는 증호 말이 떠올랐다. 정말 그런 걸까.

　'아니야. 포기하지 않아. 절대 포기할 수 없어.'

　마음이 조급해졌다. 나는 자리를 박차고 일어났다. 미리를 찾아야 했다. 오늘이 지나면 기회는 사라진다.

　서서히 어둠이 내리기 시작했다. 서서히 내리던 어둠은 순식간에 모든 걸 집어삼켰다. 어디로 가야 미리를 찾을 수 있을지 알 수 없는 상황에서 더 막막해졌다.

　나는 끝내 미리를 찾지 못하고 집으로 향했다. 몇 번이나 걸음을 멈추고 길가에 쪼그리고 앉았다. 쪼그리고 앉을 때마다 미리에게 문자를 보냈다.

　−나는 너를 알바로 쓰지 않을 거야. 레모네이드는 사주고 싶어서 사준
　　거야.
　−제발 부탁이야. 알바는 한 달 뒤에 쓸게. 내 말대로 해줘.
　−끝까지 알바를 하겠다고 고집부리면 너랑 죽을 때까지 친구 안 해.

　내 문자는 허공에 흩어지는 별빛과도 같았다. 대답 없는 미리가 야속했다. 돌아오지 않는 메아리를 기다리는 기분이었다.

　'엄마는?'

엘리베이터에서 내리는데 엄마가 떠올랐다. 엄마는 오늘 노래방에 갔을까, 안 갔을까? 얼른 시간을 확인했다. 11시 30분이었다. 11시 30분이면 그날, 엄마와 아빠가 집에 돌아왔을 시간이었다. 내가 시끄러운 소리에 잠에서 깨어 시간을 확인했을 때가 11시 정도였다. 내 방에서 나왔을 때 안방에서 엄마 아빠가 다투고 있었다. 그리고 몇 분 후 천둥 벼락 치는 소리가 들렸었다. 분을 이기지 못한 아빠가 던진 텔레비전이 박살 나는 소리였다.

나는 조심스럽게 현관문을 열었다.

"미치겠네."

안방 문은 꼭 닫혀 있고 아빠가 소리를 고래고래 지르고 있었다. 망했다. 엄마가 기어이 노래방에 간 게 확실했다.

"도대체 사람 말을 뭘로 듣는 거야? 사람이 진지하게 말을 하면 들어먹어야 할 거 아니야. 노래방이 그렇게도 가고 싶어? 혹시 그 동창 아저씨와 진짜 리얼! 부둥켜안았던 거 아니야? 술에 취해 비틀거리다 엄마한테 쓰러졌다던 엄마 말이 다 뻥 아니냐고. 그렇네, 그러니까 내가 그렇게 말했는데도 들어먹지 않은 거지."

나는 엄마가 옆에 있는 것처럼 퍼부어 댔다. 화가 나서 견딜 수가 없었다.

"몰라. 뜯어먹히든 뭐 하든 나도 이제 상관 안 해."

나는 내 방으로 들어오려다 멈칫했다. 아빠가 악을 쓰며 질러대는 말이 그날의 내용하고는 좀 달랐다. 나는 안방 문에 귀를 댔다.

"돈을 왜 보내주느냐고? 고생해 봐야 정신을 차리지. 당신이 그따위로 하니까 애가 멋대로지. 그래, 자신을 찾는다고 나가더니 찾았대? 자신이 어떤 놈인지 알아냈대? 아이구야, 말은 매끄럽고 폼나게 잘도 하네. 자신을 찾는 거 좋아하네. 공부하기 싫으니까 뛰쳐나간 거지."

노래방 사건은 아니었다. 엄마는 노래방에 가지 않았다. 가슴을 쓸어내리다 멈칫했다. 엄마가 오빠한테 돈을 보냈다는 내용이었다.

'미친놈.'

나한테는 엄마한테 절대 말하지 말라더니, 말하면 영원히 꽁꽁 숨어서 나타나지 않겠다고 협박을 하더니, 엄마한테 전화해서 돈 달라고 한 거네? 기가 찼다.

"전화를 받지 말지, 왜 받아?"

아빠가 소리를 빽 질렀다.

"아니, 시후가 전화를 한 게 아니라 내가 했지. 시연이한테 돈 좀 보내달라고 연락이 왔다고 해서."

내가 엄마 때문에 못산다.

"뭐야? 집구석 잘 돌아간다. 집 나간 놈한테 아이구 힘들지,

돈 필요하지? 얼마 보내줄까? 다들 이랬다는 거지? 나만 모르고 있었다는 거지? 아주 똘똘 뭉쳐서 나를 왕따시킨 거네. 왕따시키니까 좋아?"

아빠 얼굴이 눈앞에 훤히 떠올랐다. 이건 감당 불가다. 오늘 밤을 꼬박 새울 수도 있다.

"아휴, 왕따는 무슨 왕따야? 시후가 당신을 무서워하니까 그렇지."

엄마가 변명이라도 하려고 했지만 소용없었다. 아빠는 고래고래 소리를 질렀다. 하도 악을 쓰는 바람에 무슨 소리인지 알아들을 수가 없었다.

"그만해!"

엄마가 소리쳤다. 엄마 목소리는 아빠의 악쓰는 소리를 갈랐다. 나는 어리둥절하면서 당황스러웠다. 엄마의 저런 목소리, 지금까지 들어본 적 없었다.

"시후가 나 혼자 낳은 자식이야? 당신은 시후 아빠라고. 대체 왜 그래? 애가 잘못을 했어도 보듬어 안아주는 게 아빠 아니야? 밖에서는 말 없는 사람, 점잖은 사람으로 불리고 이래도 흥, 저래도 흥, 법 없이도 사는 사람으로 불리지? 그런데 집에서 왜 이래? 집에만 오면 말문이 막 트여? 온갖 스트레스는 집에서 다 푸는 거지? 대체 왜 그러느냐고! 그놈의 성격 좀 고쳐. 당신, 시후도 마음에 들지 않아하지만 툭하면 시연이 흉보지?

시연이가 누굴 닮았겠어? 딱! 당신 닮았지. 애들한테 그러지 좀 마."

엄마 목소리는 쩍쩍 갈라졌다. 엄마의 저런 모습은 처음이었다. 아무튼 다행이었다. 노래방 사건이 아니어서.

"당신은 시후가 영원히 돌아오지 않았으면 좋겠어? 그날 당신이 시후에게 따뜻한 말 한마디 건넸다면 시후가 집을 나갔겠어? 따지고 보면 당신 때문에 이렇게 된 거 아니야? 성적 좀 떨어졌다고 아무 생각도 없이 사는 놈이라고, 멍청하게 사는 놈이라고 애를 윽박지르니까 자신을 찾아보겠다고 뛰쳐나간 거 아니야? 당신 욕심대로 되는 게 있고 안 되는 게 있어. 상처 좀 주지 마."

엄마의 새로운 모습에 놀란 걸까. 아빠 목소리는 들리지 않았다.

12시가 넘어가기 전 내가 미리에게 할 수 있는 일이라고는 받지 않는 전화를 하는 것과 문자를 보내는 것밖에는 없었다.

철커덕철커덕.

기차 소리가 다가오고 있었다.

나는 기차에 탔다.

입이 문제

월요일 아침, 비라도 내리려는지 세상이 우중충했다.

미리는 교문 앞에서 기다리고 있었다. 미리는 나를 보자마자 휴대폰을 내밀었다.

"생각해 봤지? 자, 계약서야, 사인해. 계약 기간은 10일, 연장 가능, 계약 조건은 무료! 은혜 갚을 기회는 주어야지, 그치?"

나는 사인을 했다.

"그리고 너랑 나랑 친구된 것도 맞지? 들어가자."

나와 미리는 나란히 교문을 들어섰다.

"동주 걔 대단해. 이온이가 이 일과 관련이 있다는 걸 단박에 알아차렸으니까. 하지만 제대로 아는 건 없어. 죄다 심증일 뿐 이야. 물증은 없어. 더 대단한 게 뭔지 아니? 정확한 물증을 확보하기 전까지는 함부로 떠들지 않는다는 거. 신중하지. 다른 아이 같았으면 네가 유재 사물함을 열었다고 떠벌렸을 거야. 하지만 동주는 그러지 않잖아? 너를 옥죄고 들어가 너 스스로 말하게 만들려고 해. 그리고 막판에는 네가 당연히 이온이를 끌고 들어올 거라고 확신할 거야. 너 혼자 감당하기에는 위험한 일이거든. 그게 동주가 원하는 완벽한 그림이야. 그 그림대로 되지 않을 경우 약간 찜찜하기는 해도 너 혼자 뒤집어쓰는 그림도 그리고 있어. '강시연 네가 왜?'라는 의문점에 명쾌한 대답을 할 수 없는 찜찜한 그림이긴 해도 어찌 되었든 동주는 누명을 털어낼 수 있으니까."

미리는 느릿느릿 걸으며 말했다.

"시연이 너 혹시 내가 나서서 모든 걸 다 말해주길 원하니? 너는 단지 이온이가 시켜서 한 짓이라고."

미리가 걸음을 멈추고 물었다.

"아, 아니야."

그런 생각을 해본 적은 없다.

"너, 너, 너는 이온이 알바였잖아. 그리고 알바의 자세를 중요하게 생각한다고 했고."

내 말에 미리가 웃었다.

"아무튼 내가 네 옆에 붙어 있으면 동주가 너를 따로 불러내는 일이 없을 거야. 그리고 있잖아."

미리가 내 앞으로 바짝 다가섰다.

"유재는 수요일에 학교에 올 거야. 네가 하도 유재 걱정을 많이 하는 거 같아서 말해주는 거니까 입 다물고 있어. 하긴 네가 누구한테 말을 하겠냐."

"응?"

나는 내가 잘못 들은 건 아닌지 내 귀를 의심했다.

"수요일에 유재 학교에 온다고. 하루이틀 늦어질 수도 있지만."

"유재랑 연락이 된 거야?"

유재가 학교에 오지 않은 지 벌써 일주일이 지났다. 그동안 유재는 누구의 연락도 받지 않는다고 했다.

"응. 지난주에 유재한테 전화 왔었어, 자기 알바가 되어달라고. 그래서 만났지. 대단한 일을 맡긴 건 아니고 결석을 하면서 학교에서 일어나고 있는 일이 궁금한 거지. 그러니까 학교 소식을 전해주는 알바 정도?"

"유재 아픈 거 맞아?"

"맞아. 진짜 아프고 또 학교에도 연락한 거 맞고. 크크크, 담임이 얼마나 신뢰를 잃었으면 아이들이 죄다 담임을 의심할까. 유재가 멘탈이 되게 약하더라고. 초등학교 때부터 지금까지 잘한다, 잘한다, 최고다, 최고다, 이런 말만 듣고 자라서인지 순진하고 단순한 구석도 많고. 그놈의 햄버거 값을 자기 엄마한테 말도 못 하고 끙끙 앓았나 봐. 자기 엄마가 충격으로 죽을 수도 있다고 생각했나 봐. 유재네 집, 가난하지 않아. 가난하기는커녕 꽤 잘살던데? 다음 날 곧바로 돌려주지는 않았지만 햄버거 값을 돌려주었더라고. 끙끙 앓아봤자 별수 있었겠어? 지네 엄마한테 말하는 수밖에. 유재 엄마도 충격받아서 이틀 동안 병원에 입원했었대. 하지만 대단한 건 결국은 아들 말을 믿어줬다는 거지. 아휴, 우리 엄마 같으면 거짓말하지 말고 솔직히 말해라, 이러면서 나를 잡았을 텐데."

미리가 웃었다. 허공을 쳐다보고 픽.

"나 스스로 생각해 봤을 때 나는 거짓말을 많이 하지 않았거든. 그런데 왜 우리 엄마는 나를 매일 거짓말하는 아이로 알고 있는 걸까?"

"그럼 지랄 난리라는 고용주가?"

"응, 유재였어."

"한 가지만 물어봐도 돼?"

나는 조심스럽게 물었다.

"지금 네가 말한 거 이온이도 알아? 네가 유재 알바인 거랑?"

"아니, 몰라. 이번 일에서 지금까지 유재에 대해 아는 아이는 나 하나뿐이야."

"이건 네가 대답하기 곤란할 수도 있는 말인데 물어봐도 돼? 하윤이랑 유재랑 무슨 사이야? 유재가 이온이랑 사귀면서 양

다리 걸친 거야?"

그때였다. 나와 미리 사이로 끼어들어 지나가는 아이가 있었다. 동주였다. 앞서간 동주가 걸음을 멈추고 돌아봤다. 미리 얼굴이 변했다. 나도 가슴이 철렁했다. 동주는 언제부터 나와 미리 뒤를 따라온 걸까? 나와 미리가 하는 말을 들었을까.

"미리야, 너를 알바로 쓰고 싶은데."

동주가 말했다.

"당장 오늘부터. 알바비는 네가 원하는 대로 줄게."

"아이고 이런, 어쩌나. 나는 이미 다른 아이 알바를 하고 있어서 당분간은 안 돼. 그렇다고 해서 계약을 파기하고 너한테 갈 수는 없잖아. 내가 알바를 하며 꼭 지키는 철칙이 있다는 건 동주 너도 잘 알지? 동시에 두 사람의 알바를 뛰지 않아. 내가 몸이 하나인 게 안타까울 뿐이다."

미리 말에 동주는 나와 미리를 뚫어져라 바라보고는 돌아섰다.

"흥. 내가 시연이 네 알바로 뛰는 게 되게 못마땅한가 보다."

미리가 중얼거렸다.

"나랑 유재랑 알바를 동시에 뛰잖아?"

나는 미리에게 물었다.

"야. 너는 나를 알바로 생각하는 거야? 뭐, 알바긴 알바지. 하지만 알바의 의미보다는 더 중요한 의미가 있지."

미리가 웃었다.

동주가 게시판에 새로운 글을 올렸다.

밟은 그림자 털어내기.

"추상적이군, 한없이 추상적이야. 이건 뭐 그림 보는 것보다 더 어렵네. 추상화도 이 정도로 막막하지는 않아. 아, 흥미 떨어져."

동주 짝이 심드렁하게 말했다. 게시판 앞에 모여 있던 아이들도 동주 짝과 같은 반응이었다.

"동주야. 네가 범인이 아니라는 거 믿어줄게. 저런 짓 그만둬라. 뭘 좀 알려주려면 제대로 알려주든가. 범인이 누군지 알았다! 증거를 찾았다! 뭐 이렇게 구체적으로 알려달라고. 자꾸 저러니까 동주 네가 불쌍하게 느껴질 정도도. 애들아, 우리 그냥 동주를 믿어준다고 말하자. 이건 아무래도 해결 못 할 거 같다. 해결하지 못하고 접는 사건들 많잖아. 그걸 뭐라고 하더라?"

"미제 사건."

누군가 말했다.

"맞다, 미제 사건. 우리 이 사건은 그냥 미제 사건으로 접어두자. 범인이 누군지 엄청나게 궁금하긴 하지만 모른다고 해서 큰일이 나는 것도 아니고, 우리 동주를 그냥 믿어주자. 알았지?"

"야, 그냥 믿어주긴 뭘 그냥 믿어줘? 그 말은 믿기지는 않는데 믿어주는 척하자는 말이잖아."

동주가 자리를 박차고 일어났다.

그때였다.

"곧 범인을 밝힐 거라는 내용인데 그걸 못 알아먹냐? 그 실력으로 대학을 가겠다고? 웃긴다, 웃겨."

누군가 한숨을 쉬며 말했다. 미리였다.

"너, 나한테 하는 말이냐?"

동주 짝이 발끈했다.

"응, 너한테 하는 말이야. 공부하고는 담쌓은 내가 봐도 딱 그 말인데 그걸 몰라? 책 좀 읽어라. 털어낸다는 건 진실을 밝힌다는 뜻이야. 어쩌냐, 너, 대학 가기는 다 틀린 거 같다."

"야. 대학을 국어 실력으로만 가냐? 너 내 영어 수학 성적 알아? 알고노 그래?"

동주 짝은 팔팔 뛰면서 자신의 영어 성적과 수학 성적이 어느 정도인지 말했다. 하지만 아이들은 동주 짝이 하는 말에는 관심이 없었다.

"범인이 누군지 동주 너는 알고 있구나? 누구냐?"

아이들 관심은 온통 거기로 쏠렸다.

미리는 하루 종일 내 옆을 지켰다. 수업 시간 외에는 잠시도 내 곁을 떠나지 않았다.

"아까 한 말 무슨 뜻이야?"

나는 미리가 왜 나섰는지 궁금했고 왜 그런 말을 했는지 말도 못 하게 궁금했다.

"솔직히 동주가 결백을 증명하려고 애쓰는 걸 보면 좀 불쌍해서 말이야. 아무것도 모르면서 아는 척하고 저러는 거 안타까워 보이지 않냐? 그리고 이 난리통에도 이온이만 너무 평화로워 보여서 이온이가 얄밉기도 하고. 내가 아까 그런 말을 할 때 이온이 가슴이 뜨끔했을 거다. 야, 너만 간 쫄리며 사는 거 억울하잖아."

미리는 시큰둥하게 말했다.

―빵집으로 들어와.

수업이 끝나고 아파트 입구로 들어설 때 이온이에게 문자가 왔다. 나는 재빨리 이 사실을 미리에게 알렸다. 미리에게서는 답문자가 오지 않았다. 유재 알바로 바쁜 모양이었다.

"아까 미리가 한 말이 무슨 뜻이야? 동주가 다 알고 있다는 뜻이야? 네가 동주한테 말했어?"

이온이는 다짜고짜 물었다. 나는 고개를 세차게 저었다.

"강시연, 무슨 일이 생기면 나를 끌어들이지 마. 무슨 뜻인지 알지?"

무슨 뜻인지 안다. 나 혼자 뒤집어쓰라는 뜻이다. 나는 아까 미리가 했던 말이 떠올랐다. 이런 상황에 이온이 혼자만 너무 평온한 거 같아 얄밉다는. 나는 혼자 뒤집어쓰라고 말하는 이온이가 얄미웠다.

"하지만······."

"하지만 뭐?"

"동주는 내가 혼자 하지 않았다는 걸 알아."

"무슨 말이야? 알긴 뭘 알아? 넘겨짚는 말에 강시연 네가 넘어간 거 아니냐?"

"나는 네 이름을 동주 앞에서 꺼낸 적도 없어. 그런데 동주는 네가 나한테 시킨 걸로 알고 있어. 하윤이 얘기도 했고. 그리고 내 자백을 기다리고 있고."

"하윤이?"

이온이 얼굴이 파래지며 숨이 가빠졌다. 공연한 말을 했나, 후회를 하고 있을 때 빵집 문이 열리며 미리가 들어왔다. 미리는 놀란 눈으로 이온이 등을 툭툭 치며 '심호흡, 심호흡' 이러고 말했다. 이온이가 미리 구령에 맞춰 심호흡을 했다.

"왜 갑자기 숨넘어가냐?"

"동주가 그래? 내가 하윤이 때문에 그 일을 저지른 거라고?"

이온이는 미리 말을 자르며 나에게 따지듯 물었다. 나는 얼른 대답하지 못하고 우물쭈물했다. 하윤이 얘기를 공연히 한 것 같다는 후회가 밀려왔다.

"에이, 그건 아니지. 유재랑 하윤이는 그냥 친구인데. 유재의 여사친. 여자 사람 친구. 뭐 하윤이 생각은 내가 들어본 적 없지만 유재 알바 뛰어본 경험에 의하면 유재 생각은 확실해. 어제도 유재가 하윤이 얘기를 하더라고. 농구 친구로는 최고라면…… 아아아…… 차차차."

미리가 말을 하다 자기 입을 꼬집으며 이온이 눈치를 봤다. 나도 아차 싶었다.

"너, 유재랑 연락하고 지내? 유재 소식 안 거야? 유재 알바 해?"

이온이는 숨을 몰아쉬었다.

"아, 아, 아니야. 예전에, 예전에 유재 알바를 프리로 했었다, 이 말이지."

"너 그 말에 내가 넘어갈 거 같아? 나를 바보로 아는 거야?"

이온이 눈에서 빛이 났다.

"바보로 알기는 누가 바보로 알아? 그게 아니라……. 아, 진짜 이 입이 문제야. 아, 알았어. 한번 물면 절대 놓지 않는 이온이 너에 대해 누구보다도 내가 잘 알고 있지. 그래, 나, 요즘 유재 알바 뛰고 있어. 에이씨, 이 사실을 유재가 알면 지랄할 텐데. 망했다, 망했어."

미리가 두 손으로 머리를 잡고 벅벅 긁었다.

"미리 너하고는 연락하고 지내면서 내 전화랑 문자는 씹었다는 말이지? 내가 그럴 줄 알았어. 혹시나 했는데 역시 유재는 그런 아이였어. 나는 처음부터 그 말을 믿지 않았어. 하윤이가 농구 친구라고? 진짜 웃긴다, 웃겨."

이온이 얼굴은 파랗게 변해갔다.

"야야, 나는 알바잖아. 알바하고는 연락이 잘 되어야지. 유재가 그래도 전교회장인데 결석하는 동안 학교에서 무슨 일이 벌어지고 있는지 당연히 궁금하지. 그걸 누구한테 물어보겠어? 알바인 내가 가장 안전하지."

미리는 무슨 변명이라도 하고 싶어하는 눈치였다. 하지만 이온이 귀에는 어떤 말도 들리지 않는 듯했다.

유재의 진심

아파트 앞에서 미리를 만나 같이 학교에 가기로 했다.

미리 얼굴은 핼쑥했다. 어제 유재에게 얼마나 당했는지 듣지 않아도 얼굴 표정만 보고도 알 수 있을 거 같았다.

"어쩔 수 없었어. 돈을 돌려주는데 손이 달달 떨리더라. 아휴, 팔짝팔짝 뛰는데 식겁했다니까. 나는 유재가 그렇게 화를 내는 거 처음 봤어. 야, 저러다 나를 두들겨 팰 수도 있겠구나, 하는 위기감도 들었다니까."

미리는 유재 알바비를 토해냈다고 했다.

"내가 알바비 줄게."

다 내 탓이었다. 미리는 내 걱정이 되어 빵집에 왔다가 그렇게 된 거다.

"됐어. 무료로 한다고 했잖아. 친구끼리 돈 주고받는 거 아니야."

미리가 말했다. 나는 미리를 바라봤다. 나와 눈이 마주친 미리가 웃었다.

'친구끼리.'

태어나서 처음 들어보는 말이었다. 엄마 말에 의하면 나는 아빠를 닮았다. 아빠를 닮아서 밖에 나가면 말도 제대로 못 하면서 집에서만 큰소리를 치고 할 말 다 하는 집안 호랑이라고 했다. 집안 호랑이인 나는 집에서 나와 어린이집이라는 사회에 첫발을 디딘 순간부터 중3이 된 지금까지 친구라고는 없었다. 그깟 화장실 한 번 양보했을 뿐인데 그 일을 두고두고 잊지 않은 미리가 고마웠다. 은혜도 아닌 걸 갖고 은혜라고 말해준 미리에게, 그리고 친구라고 말해준 미리에게 감동받았다. 나도 친구가 생겼다. 세상에 태어나서 십육 년 만에 처음으로. 심장이 뜨거워졌다. 그리고 그 뜨거움은 온몸으로 퍼졌다. 나도 미리를 바라보며 웃었다.

"크크크."

미리가 소리내어 웃었다. 나도 미리를 따라 소리내어 웃었다. 집 밖에서 소리내어 웃는 것도 처음이었다. 나와 미리는 한참 동안 소리내어 웃었다. 한참 웃다 보니 우리가 왜 이러고 크게 웃고 있는지 이유가 아리송했다. 친구끼리 돈 주고받는 거 아니라는 말이 이렇게 깔깔거릴 정도로 웃긴 말은 아닌데 말이다. 이유가 어떻든 좋았다, 미리와 마주 보고 웃는 게.

"유재 내일부터 학교에 온다고 했었잖아. 계획대로 올까?"

한참 웃고 나서 나는 미리에게 물었다.

"그건 잘 모르겠어. 계획대로 할지 어떨지. 그 전에 새로운 계획이 하나 생겼어. 오늘 학교 마치고 이온이랑 유재가 만나기로 했어. 이온이 개 진짜 질기더라. 입에 문 거 절대 안 놔. 아, 지긋지긋해. 결국 유재도 나도 두 손 두 발 다 들고 약속을 정했어. 그런데 강시연."

미리가 목소리를 낮추며 바짝 다가섰다.

"내가 어젯밤 꼴딱 새웠거든. 생각이라는 걸 하느라고 말이야. 물이 자기 갈 길로 흘러가게 두는 게 좋을 거 같아. 억지로 막으려고 하지 말고 말이야. 너랑 나도 잘못한 게 있으면 벌을 받지, 뭐. 동주가 포기하지 않는 이상 아무리 생각해도 억지로 막으려고 해서 막아질 게 아니더라고. 그러면 너는 계속 이온이에게 시달려야 해. 그래서 동주한테 말하려고. 폭탄을 끌어안고 있지 말고 동주에게 주자."

나는 놀라서 미리를 바라봤다.

"에이, 그렇다고 해서 내가 내 입으로 말하려는 게 아니야. 알바의 자세! 알바의 철칙! 그걸 목숨만큼 중요하게 여기는 내가 그럴 리가 있나. 어제 일은 요 입이 문제를 일으킨 실수였고. 이리 와봐."

미리가 내 귀를 잡아끌었다. 미리 말을 다 듣고 났을 때 머릿속은 정리 정돈이 되지 않았다. 과연 미리 짐작대로, 미리가 원하는 대로 될까?

"모든 건 동주에게 달렸어. 어쩔 수 없지, 뭐. 강시연, 우리 벌받을 게 있으면 두 손 꼭 잡고 벌받자. 둘이 손잡고 벌받으면 외롭지는 않겠다, 그치?"

미리는 교실에 들어가자마자 이온이 자리부터 살폈다. 이온이는 아직 오지 않았다. 미리는 종이에 뭔가를 쓰고 있는 동주에게 다가갔다.

"너 대충 넘겨짚는 거 다 알고 있거든."

미리가 동주에게 말했다.

"뭐래? 알바는 그냥 가만 계시지. 누가 넘겨짚어? 그 일이 진로 강연이 있던 날 일어났고 시청각실에 제일 늦게 들어온 아이가 누군지까지 알아냈는데."

동주 코웃음을 치며 말하는 순간 심장이 떨어지는 듯한 충격을 받았다. 내 짐작으로 그날 시청각실에 제일 늦게 간 건 나였다. 대체 동주는 무슨 수로 그걸 알아냈을까?

"아이고야, 셜록 홈즈 나셨네. 추리하느라고 머리깨나 아프겠다. 이런 거 써서 붙이는 거 그만해. 오늘은 내가 알바의 자세에서 벗어나는 일 좀 하려고 하거든. 이런 날은 날이면 날마다 오는 게 아니야. 오늘따라 내가 일찍 학교에 왔고 오늘따라 이 시간에 아이들도 안 왔고 오늘따라 진실을 말하고 싶은 충동이 일어나서 말이야. 안전한 장소로 잠깐 이동하자. 내가 단박에 해결 나게 해줄게."

미리는 동주를 데리고 교실 밖으로 나갔다.

얼마 후 교실로 돌아온 동주 얼굴은 비장하면서도 침착해 보였다. 동주는 책상 위에 있던 종이를 접어 가방에 넣었다.

"오늘은 왜 아무것도 없냐? 내가 어젯밤에 책을 무지하게 많이 읽고 왔거든. 동주야, 붙여봐라. 내가 무슨 뜻인지 알아맞혀 볼 테니까."

교실로 들어서던 동주 짝이 게시판을 보고 말했다.

"오늘은 공유할 거 없다."

동주는 책을 꺼내 책상 위에 펼치며 말했다.

"그럼 내일은? 내일은 있냐? 내가 책 읽고 공부한 게 억울해서 그러지. 나보고 무식하다고 한 미리한테 뭔가를 보여줘야 하지 않냐?"

"내일은 핵폭탄이 터질 수도 있어."

동주가 말했다.

"핵폭탄? 동주 너 지금 분명 핵폭탄이라고 했지? 그 말뜻, 알아. 범인을 밝힌다는 말이지?"

동주 짝이 소리쳤다.

나는 미리를 바라봤다. 덤덤한 표정이었다. 나도 덤덤해졌다. 그래, 잘못한 게 있으면 벌받자. 그리고 훌훌 털어버리자.

수업이 끝나고 이온이는 서둘러 교실에서 나갔다. 이온이 뒷모습을 뚫어지게 바라보던 동주가 약간의 시간차를 두고 교실에서 나갔다. 미리와 나는 좀 늦게 나왔다. 미리가 장소를 알고 있었기 때문에 서두를 필요는 없었다.

유재와 이온이가 카페에 마주 앉아 있었다. 장소 선택은 아주 탁월했다. 유재와 이온이 뒷좌석에 앉은 동주는 일어나서 일부러 확인하기 전에는 절대 유재와 이온이 눈에 띌 수 없는 'ㄱ' 자 구조였다.

나와 미리는 밖에서 지켜봤다. 무슨 말을 하고 있는지 들리지는 않았지만 이온이는 유재에게 대들었고 유재는 차분했다. 그러다 유재가 화를 냈다. 화를 내던 유재가 고개를 숙였고 이온이는 울었다. 동주는 아무 움직임도 없이 앉아 있었다.

얼마나 시간이 흘렀을까. 동주가 살그머니 일어나 밖으로 나왔다. 이온이와 유재는 전혀 눈치채지 못한 거 같았다.

"우리도 가자."

동주가 가고 나서 미리가 말했다.

그때였다.

우르릉 쾅쾅!

맑았던 하늘이 거짓말처럼 시커매지더니 천둥이 쳤다. 후두

득후드득 빗줄기가 쏟아졌다. 미리와 나는 약속이나 한 듯 카페 안을 바라봤다. 이온이가 일어서서 소리를 바락바락 지르고 있었다. 시간이 지나면서 어찌할 바를 몰라하던 유재도 덩달아 소리쳤다.

"에이 씨. 이온이 지랄하기 딱 좋은 날씨네. 쉽게 끝나지 않아. 저러다 둘이 치고받고 싸우겠어. 뜯어말려야겠다."

미리가 카페 안으로 들어갔다.

"남의 영업 장소에서 고래고래 소리를 지르면 어떻게 하나? 앉아서 좋은 말로 해. 좋은 말로 해도 대화가 되는데 왜 이래? 어라? 너희들 아무것도 안 마셨냐? 뭐라도 마셔야지. 남의 영업 장소에 왔으면 최소한의 양심은 있어야 하는 거 아니냐. 이온아, 너 뭐 마시고 싶냐?"

미리가 이온이에게 물었다.

"됐어. 지금 뭐 마시고 싶은 기분 아니야. 굳이 억지로 마실 필요 없는 게 무인 카페의 장점이라고 미리 네 입으로 말했었잖아?"

이온이는 유재를 쏘아보며 말했다. 미리가 끼어들자 좀 진정된 분위기였다.

"야, 우리에게는 장점인 게 무인 카페 주인 입장에서 보면 단점이지. 아, 좋아. 오늘은 특별히 내가 쏜다."

미리는 음료 한 잔을 받아 빈 컵에 반을 따라 나눴다. 그리고는 이온이와 유재 앞에 하나씩 놔주었다.

"마시면서 천천히 좋게 대화들 나눠라."

미리가 돌아서는 순간이었다.

우르릉, 쾅쾅.

천둥이 쳤다.

"야, 너, 왜 내 전화는 안 받아? 문자고 뭐고 다 씹고. 내가 햄버거 값을 빌려주려고 약속까지 잡았었는데 거긴 왜 안 나왔어? 그래놓고도 미리는 만나?"

"알바 때문이지. 유재가 뭐 내가 좋아서 만났겠냐?"

미리가 중얼거렸다.

"돌림 노래하니? 아까 그 이유는 다 말했잖아?"

유재가 얼굴을 찡그렸다.

"나는 네가 그럴 줄 알았어. 처음부터 그럴 줄 알았다고. 언제나 내 판단은 정확했어. 너 같은 애가 진심으로 나를 좋아했겠니? 그냥 심심하니까 좋아하는 척 사귄 거 아니냐고. 그래서 너랑 나랑 사귀는 거 아무도 모르게 했던 거야. 나중에 차였느니 어쨌느니 그런 말을 들으면 자존심 상하니까."

"누가 그래? 내가 심심해서 좋아하는 척했다고? 이온이 너는 왜 네 생각대로 판단하고 사람을 몰아붙여? 제발 같은 말 좀 그만해. 아니라고 좀 전에 말했잖아. 나, 그만 갈래. 믿거나 말거나 네 멋대로 해."

유재가 일어났다.

"유재 너!"

이온이도 자리를 박차고 일어났다.

"내가 공연히 이런 줄 알아? 너, 수업 끝난 후 심심하면 하윤이랑 농구했지? 그리고 농구 친구라는 이름을 내세우며 내 말을 귓등으로 들었어. 그래, 그거까지는 믿었어. 네가 농구를 얼마나 좋아하는지 아니까. 하지만 그날 기억해? 농구가 끝나고 나서 하윤이랑 쇼핑센터에 갔었지? 하윤이가 화장품을 사는 데 같이 갔었잖아. 이래도 내가 멋대로 생각하고 멋대로 판단한 거야? 너한테 나는 그저 많은 아이들 중에 하나였을 뿐이야. 다들 내 마음과 다른 거야. 나만 진심인 거라고. 나만 진심으로 좋아하고 진심으로 그리워하고, 그러다 미워하기도 하고 상처받기도 하고."

"하윤이 화장품을 사는 데 같이 갔던 건 하윤이가 같이 가자고 하도 졸라서였어."

유재가 억울해했다.

"됐어. 변명하지 마. 너만 그랬다는 거 아니야. 내가 좋아하고 내가 의지하는 모든 이들이 다 그랬어. 내 진심을 한낱 물거품 같은 마음으로 취급했다고. 늘 배신을 준비하고 있는 사람들처럼."

이온이가 울음을 터뜨렸다.

"아아, 여러분, 여러분. 이러시면 곤란해요. 아무리 주인이 없는 무인 카페지만 이런 식으로 고래고래 소리치고 울고 난리를 부리는 진상짓은 영업 방해예요. 커피 사려고 들어오려던 손님이 도망가게 생겼다고요. 진정, 진정."

미리가 이온이 등을 두드렸다.

겨우 이온이를 진정시켜서 돌려보냈다. 유재도 어두워진 얼굴로 돌아갔다.

"이온이, 배신을 되게 많이 당해본 아이 같아. 이온이를 좋아하는 유재 마음은 진심이거든. 그런데도 못 믿고, 유재한테도 배신당할까 봐 지레 겁을 먹고 자기가 먼저 선수를 치는 거 같아. 차이는 것보다는 차겠다는 마음인 거지."

미리가 말했다.

나는 이온이 엄마를 떠올렸다. 그리고 이온이 엄마가 통화했던 내용도. 이온이 엄마는 이혼을 하고 이온이를 두고 떠났다가 십 년이 넘은 후에 돌아왔다. 이온이는 그 십 년을 매일매일 엄마를 그리워했을 수도 있다. 혼자 그리워하다 지치고, 그러다 혼자 상처받고.

"내가 미리 너한테 말했었나? 이온이 엄마 얘기."

나는 이온이 엄마가 통화했던 내용을 말했다. 또 내 생각도 말했다. 그때 미리 휴대폰이 울렸다. 동주였다. 미리가 전화를 받았다.

"이온이와 유재가 만났던 카페야. 응, 둘은 갔어. 여기로 온다고? 그래, 기다릴게."

동주를 기다리는 시간은 가느다란 줄에 한 발로 서 있는 듯 아슬아슬한 기분이었다. 미리 말대로 잘못한 것에 대한 벌은 받겠다고 다짐했지만 긴장되고 떨리는 건 어쩔 수 없었다.

"시연아. 동주가 판사인 거 같지? 우리에게 판결을 내리려고 오는 거 같지? 괜찮아. 벌받지 뭐."

자꾸 벌을 받겠다고 말하는 걸 보면 미리도 떨리는 모양이었다.

이온이는 그런 아이였다

동주가 탁자 위에 휴대폰을 올려놨다. 휴대폰에서 유재와 이온이 목소리가 흘러나왔다. 동주 휴대폰은 성능 갑이었다. 바로 옆에서 유재와 이온이가 말하는 것 같은 착각이 들 정도로 목소리가 또렷했다.

이온이는 소리를 지르기도 하고 울기도 했다. 간절하게 말하기도 하고 쏘아붙이기도 했다. 유재는 듣는 편이었는데 이온이 말이 말 같지도 않다 싶으면 화를 냈다. 이온이와 유재의 대화를 들으면 들을수록 충격적이었고 마음이 무거워졌다.

"휴우."

동주가 휴대폰을 집어 들 때 나와 미리는 약속을 한 듯 긴 숨을 토해냈다.

"시연이와 나는 우리가 잘못한 만큼의 벌은 받기로 결심했어."

미리가 말했다.

"미리 너는 뭘 잘못했는데?"

동주가 물었다.

"응? 내 잘못은…… 알고 모른 척한 잘못? 그게 나쁜 짓인 줄 알면서 모른 척하며 도와준 죄를 뭐라고 하더라? 아, 맞다. 방조죄."

"되게 유식하네."

동주가 퉁명스럽게 말했다.

"남의 알바를 하려면 유식해야 해."

미리가 던지듯 말했다. 그 말을 끝으로 침묵이 흘렀다. 침묵은 한참 동안 이어졌다.

"내가 좀 생각을 해봐야겠어."

한참 후에 동주가 휴대폰을 주머니에 넣었다.

"동주야, 부탁 하나 하자. 이온이를 좀 봐주면 안 될까?"

미리가 조심스럽게 말했다.

"애가 뭐래?"

동주가 미간을 찡그렸다.

"아니, 그러니까 내 말은 죄는 미워하되 사람은 미워하지 말자, 뭐 이런 뜻이지. 나하고 시연이가 너한테 모든 걸 다 털어놓고 증거를 확보할 수 있도록 도와줬잖아? 아니다. 잘못을 한 처지에 도와주었다는 말은 취소. 아무튼 진실을 말한 우리를 봐서도 적당히 하고 좀 봐주자, 응? 내가 휴대폰 속의 이온이 말을 어제 들었더라면 너한테 사실을 고백하지 않았을 수도 있어."

"나 학원 가야 해. 일단 생각 좀 해볼게."

동주가 시계를 보더니 일어났다.

"그래, 생각 좀 해봐. 생각 잘 하고 좀 봐줘."

"그 생각 말고, 미리 너라면 내일 당장 아이들한테 이걸 증거로 들이댈 수 있겠니? 그러면 유재까지 탈탈 터는 건데. 이온이가 말하는 걸 보면 유재는 세상에서 가장 나쁜 놈이잖아. 유재 명예도 있는데 함부로 털 수는 없지."

동주가 이맛살을 구기며 카페에서 나갔다.

"이온이는 여섯 살 때 엄마한테 버림을 받았다고 생각한 거야."

미리가 혼잣말처럼 중얼거렸다.

이온이가 여섯 살 때 엄마 아빠가 이혼을 했다고 한다. 이온이는 강압적이고 무뚝뚝한 아빠보다는 엄마를 좋아했고 엄마가 이온이의 전부라고 했다. 그런데 엄마랑 살고 싶다는 이온이를 매정하게 뿌리치고 엄마가 떠났다. 세상에서 제일 믿고 좋아하고 사랑했던 엄마가.

"이온이는 상처받는 게 두려운 아이가 된 거야. 특히 좋아하는 사람에게 상처받는 거. 상처받기 전에 먼저 포기하는 법을 배운 거지."

이온이는 자신을 좋아하는 사람이 떠날까 봐 두려워하는 아이였다. 언젠가는 자신을 배신하고 떠날 거라고 여겼다. 그래서 배신을 당하기 전에 먼저 포기하는 걸 선택하는 아이였다.

"아, 마음 아파."

미리는 이온이에게 제대로 빙의된 듯했다. 정말 마음이 아파 견딜 수 없다는 표정이었다. 미리는 레모네이드를 한 잔 뽑아 벌컥벌컥 마셨다.

"소문도 떠들썩했고 또 나도 짐작은 하고 있었지만 음악 선생님 얘기는 진짜 충격이다. 그 부분은 심했어. 이온이를 이해는 하지만 용서는 안 돼. 아니, 용서해서는 안 되지."

미리가 빈 컵을 내려놓으며 말했다.

음악 선생님은 이온이를 예뻐했다. 그런데 음악 선생님이 다른 아이들에게 친절을 베푸는 걸 보고 이온이는 두려워졌던 거다. 이온이는 배신당하기 전에 선수를 쳤던 거다.

"어찌 되었든 이온이가 너를 시켜서 유재 휴대폰을 손에 넣고 단톡방에 그 글을 올린 거, 동주가 다 알게 되었어. 아까 동주한테는 이온이 사연을 어제 알았다면 진실을 고백하는 일은 없었을 거라고 했지만 그건 아니야. 우리는 똑같은 선택을 했을 거야. 끝내야 했고 끝낼 방법은 그것밖에 없으니까. 동주가 멋지게 범인을 잡아냈다면 또 달라졌겠지만. 강시연, 동주가 어떤 결정을 내릴까?"

미리가 물었다.

"어떤 결정을 내리든 우리는 동주가 하는걸 그냥 지켜보면 되지, 뭐. 어차피 그러기로 한 거고. 다행인 건 동주 눈이 획 돌아가지 않았다는 거야. 뭐 이건 순전히 내 느낌이지만. 동주 걔 은근히 멋지네."

미리는 내 대답을 기다리지 않고 말했다.

유재가 학교에 왔다. 유재가 교실 앞문으로 들어서는 순간 아이들은 약속한 듯 얼음이 되었다.

"유재, 살아 있었구나."

잠시 후 동주 짝이 침묵을 깼다.

"그럼 내가 죽기라도 한 줄 알았냐?"

"에이, 무슨 말을 그렇게 심하게 하냐? 그런 끔찍한 생각을 한 아이는 우리 반에 아무도 없을걸. 네가 누구의 전화도 안 받으니까 걱정을 아주아주 많이 했다, 이 말이지. 얼굴이 아주 헬쑥하네. 하긴 누명을 썼으니까 얼마나 억울했겠냐? 네 누명은 동주가 벗겨줬다. 동주가 네가 스스로 꾸민 자작극이 아니라는 걸 조목조목 말해줬거든. 네가 그럴 일을 꾸밀 이유가 일도 없더라고."

동주 짝이 말하는 순간 유재와 동주 눈이 마주쳤다. 유재는 동주 눈을 피하며 자리에 앉았다.

'동주는 생각을 마무리했을까?'

나는 동주가 어떻게 나올지 궁금하기도 하고 걱정이 되기도 했다.

이온이는 수업을 시작하기 직전에 왔고 동주는 수업이 다 끝나도록 어떤 말도 하지 않았다.

동주가 미리에게 전화를 한 건 미리와 내가 교문을 나설 때였다.

"동주가 어제 그 카페에서 보잔다. 생각을 다 했나 봐."

미리와 나는 초긴장 상태로 카페에 갔다. 나와 미리가 카페로 들어가자 동주는 음료수 세 잔을 샀다.

"무인 카페의 장점은 안 먹어도 되는 건데."

미리가 말했다.

"우리의 장점이 주인에게는 단점이라며."

동주가 미리 말을 받아주었다. 조금은 분위기가 풀어졌다.

"생각은 했어?"

"좀 기다려. 다 모이면 말할게."

"다 모이면? 누구 또 올 사람 있어?"

미리가 말하는 순간 카페 문이 열리고 유재가 들어왔다. 유재는 나와 미리를 보고 놀라는 눈치였다. 곧이어 이온이도 왔다.

"이게 무슨 그림이냐?"

미리가 중얼거렸다.

"내가 어젯밤 고민해서 그린 그림."

동주도 중얼거리듯 말했다.

유재와 이온이는 선뜻 앉지 못한 채 서 있었다. 미리가 벌떡 일어나 다른 탁자의 의자를 끌어왔다.

"앉아."

동주가 말했다.

"무슨 일이야? 나 지금 엄청 바쁜데. 애들까지 부른다는 건 왜 미리 말하지 않았어?"

이온이가 발끈했다.

"왜? 얘네 둘이랑 엮인 거라도 있어? 앉아, 할 말 있으니까."

동주 말에 이온이 얼굴이 파래졌다. 이온이는 마지못해 의자에 앉으며 유재를 쏘아봤다.

"내가 어제 이 근처를 지나가다가 우연히 유재 너랑 이온이 너를 봤거든. 유재를 보는 순간 얼마나 반가운지 당장이라도 알은척하고 싶었어. 그런데 너희 둘이 내가 들어온 것도 모르고 싸우더라고. 네가 나를 진짜 좋아하네, 진짜 좋아하는 게 아니네, 배신을 때리네, 안 때리네, 이러면서 말이야. 내가 하도 답답해서 끼어들고 싶었는데 너무 살벌해서 끼어들지 못했어.

어제 끼어들어서 해주고 싶었던 말을 해주어야 할 거 같아서 보자고 한 거야."

모두의 눈이 동주 입으로 쏠렸다.

"유재는 이온이 너를 진짜 좋아해. 아주 많이 좋아해. 회장단 앞에서도 심심하면 네 자랑을 했거든. 내가 언젠가 물어봤어. 그렇게 좋아하면서 왜 공개적으로 사귀지 않느냐고. 그랬더니 이온이 네가 원하지 않는다고 했어. 유재는 이온이 네가 유재를 좋아하는 게 아니면 어쩌나 도리어 그런 걱정을 했어."

"네가 시연이한테 하윤이 얘기를 했다며? 그렇다면 하윤이랑 유재가 어떤 사이인지 그 진실을 동주 너도 알고 있는 거 아니니?"

이온이가 쏘아붙였다.

"그건…… 이온이 네가 유재 마음을 하도 몰라주니까 유재가 홧김에 너 보란 듯 하윤이를 좋아하는 척할 수도 있다는 뜻이지."

동주가 말을 교묘하게 돌렸다.

"야, 그러니까 있을 때 잘하라고. 그러다 유재가 지쳐서 진짜 다른 애랑 사귀면 어쩔래? 남의 진심을 믿어줘 봐. 왜 안 믿으려고 해. 솔직히 말해서 유재한테 대시한 애들이 얼마나 많았는 줄 아냐? 유재를 봐라. 외모 죽이지, 키 크지, 성격 좋지, 거기다 공부까지 잘해. 딱 하나 단점이라면 벌금을 좋아한다는 거지. 벌금 때문에 제대로 망해봤잖아?"

동주가 말을 하며 픽 웃었다. 그러자 유재가 어이없다는 듯 따라 웃었고 미리도 웃었다. 나도 미리를 따라 덩달아 웃었다.

"누가 와서 좋다고 해도 유재는 다 싫다고 했어. 그런 면에서는 성격이 칼 같아. 단칼에 싫다는 표현을 하거든. 너에 대한 유재 마음은 진심이야. 그치, 유재야?"

동주가 유재에게 물었다. 유재가 고개를 끄덕였다. 나는 동주가 진심으로 고마웠다.

"그런 얘기를 하려면 너만 불러내면 되지 왜 곤란하게 유재까지 불러냈냐고, 그리고 그런 일에 미리랑 시연이는 뭔 상관이냐고 묻고 싶지?"

동주가 물었다. 이온이가 고개를 들어 동주를 바라봤다.

"너, 내가 너를 의심한 거 알고 있잖아? 심증은 완벽한데 물증을 찾지 못했지만."

동주 말에 이온이는 대답하지 않았다.

"하지만 내 심증이 백 퍼센트 적중할 줄은 나도 몰랐어. 완벽했어. 나는 아무래도 추리소설을 쓰는 작가가 되든가 탐정이 되든가 형사가 되어야 해. 하지만 다 모른 척하려고. 네가 강연이 있는 날 시연이를 시켜 유재 휴대폰을 가져오게 한 것, 회장단 단톡방에 유재인 척 글을 올린 것, 유재 휴대폰은 시연이를 시켜 유재 사물함에 던져 넣게 한 것,"

나는 놀라서 동주를 바라봤다. 미리도 이온이도 놀란 눈치였다.

"다들 놀라는 거 보니까 확실히 백 퍼센트네. 안타깝게도 물증이 없지만. 큭."

동주가 웃었다. 동주는 웃는데 이온이 표정은 급격히 어두워졌다.

"야. 너 모른 척할 거라면서 다 까발리냐?"

미리가 퉁명스럽게 말했다.

"그래서 어쩌자는 얘기야? 다 밝히고 싶으면 밝혀. 전교생에게 소문내라고."

이온이의 목소리가 떨렸다.

"비밀로 한다니까. 모른 척해줄게. 솔직히 애들 관심은 그렇게 오래가지 않아. 내가 범인을 알고 있는 거처럼 했으니까 애들도 그렇게 믿고 있겠지. 하지만 내가 그럴듯한 핑계를 만들어서 범인을 밝힐 수 없는 상황을 만들 거야. 그런다고 해서 피해 보는 아이들 없잖아? 아, 그날 회장단 아이들이 시간을 빼앗기긴 했지만 그건 유재가 더 열심히 회장 노릇을 해서 만회하면 되는 거고. 왜 유재가 만회해야 하느냐? 이온이를 좋아하니까, 이온이를 위해서 그 정도의 노력은 해야지, 안 그러니? 아이들의 관심은 머지않아 사그라들 거야. 그리고 이 일에 대해 유재는 당연히 입을 다물 테고 미리와 시연이도 그럴 거야. 이 일은 영원히 바다 중간 가장 수심이 깊은 곳에 묻히는 거지,

영원히."

"이런 분위기면 그래야 할 거 같다. 영원히 입 다물게, 그러
지 뭐."

미리가 어깨를 으쓱여 보였다.

"대신 이온이 너, 약속 하나만 해줘."

동주는 아랫입술을 꼬옥 깨물었다.

안녕, 기차역!

"동주야. 너 너무 멋진 거 아니냐? 어쩌자고 그렇게 멋있냐? 내가 너의 알바였던 게 참 자랑스러울 정도다."

미리가 두 손을 모아 쥐고 감동 먹은 얼굴로 말했다.

"내가 말하지 않았냐? 모범생이 되기 위해 죽어라고 열심히 살고 있다고. 그리고 착한 딸이 되기 위해서도 죽어라고 노력하고 있다고. 나, 멋진 사람이 되려고도 이 악물고 노력하고 있거든. 나, 원래 그런 아이니까 너무 감동 먹지 마."

동주는 시큰둥하니 말했다.

이온이는 약속했다. 음악 선생님을 찾아가기로.

"나는 뭐 마음 편한 줄 알아? 솔직히 일이 그렇게까지 크게 터질지는 몰랐어. 음악 샘이 그 정도로 망할 줄은 몰랐다고. 그냥 학교 내에서 망신만 당하길 바랐었는데."

이온이는 이렇게 말했다. 이온이가 혼자 가기 두려우면 유재가 같이 가준다고 했다. 유재는 이온이에게 미리 걱정하지 말라고 했다. 유재가 영원히 이온이 편이 되어줄 거라는 약속도 했다.

나와 미리 그리고 동주는 유재와 이온이를 카페에 두고 나왔다. 이온이 얼굴이 아까보다는 편해 보였다. 내일은 더, 모레는 더더욱, 시간이 지나면 지날수록 이온이 마음이 편해지길 진심으로 바랐다. 유재가 영원히 같은 편이 되어준다고 약속했으니까 가능할 거다.

"오늘 기막히게 날씨 좋네. 우리도 매일 저 하늘 같으면 좋겠다. 이온이랑 유재도 그렇고 시연이랑 동주, 너도 그렇고 당연히 나도."

미리가 하늘을 바라봤다. 눈이 부신지 미리 눈이 가늘어졌다.

"하늘이 유난히 파래 보이는 건 그 사람의 마음이 파랗고 화창해서래."

"오호, 하여간 미리 얘는 되게 유식하다니까. 아니다, 이걸 유식하다고 하는 게 맞냐? 내 눈에도 오늘따라 하늘이 유독 파랗고 화창해 보인다. 내 마음도 화창한 거지?"

동주가 말했다.

"알바가 갑자기 다 끊겼네. 다른 알바 자리를 알아봐야겠네."

미리는 가봐야 할 곳이 있다고 했고 동주는 학원에 가야 한다고 했다.

나는 동주, 미리와 헤어져 집으로 돌아오다 빵집 앞에 섰다. 나는 망설이다 빵집으로 들어갔다.

"시연이 왔구나."

이온이 엄마가 반겨주었다.

"저번에요."

나는 두 손을 앞으로 모아 쥐었다.

"응? 저번? 저번 언제?"

"저번에 저한테 물어보셨잖아요. 이온이랑 친하냐고. 저, 이온이랑 친구 맞아요. 친한 것도 맞아요. 이제부터 더 친해지고 여기도 더 자주 오려고요. 아줌마도 알잖아요? 제가 되바라지지 않고 착하다는 거."

"응? 내가 언제…… 혹시 내가 통화하는 거 들은 거니? 시연아, 되바라지지 않다는 건 좋은 뜻…….."

"알아요, 무슨 뜻인지. 자주 놀러올게요."

나는 고개를 숙여 보이고는 빵집에서 나왔다. 이온이는 자기 엄마를 좋아한다. 그래서 무뚝뚝하게 굴면서도 툭툭거리면서도 계속 엄마를 찾아오는 거다. 그리고 이온이는 자기 엄마 앞에서는 그 모습을 보이지 않으려고 노력한다. 얼굴이 파래지며 자기 성질 못 이겨 바락바락 소리지르는 그 모습을. 이온이가 자기 엄마에게 툭툭대는 건 배신당할까 봐 두려워서다. 미리 걱정을 하고 있는 거다.

공원 벤치에 앉아 있는데 미리에게서 전화가 왔다.

"여보세요. 강시연."

미리 목소리가 밝았다.

"알바 구한 거야?"

"아직. 곧 고용주를 만날 거야. 여기 루리백화점인데 지하 2층에서 만나기로 했거든. 그런데 지하 1층에 보니까 엄청 예쁜 거 팔아. 하나 사다 줄까?"

"아니, 됐어."

나는 팔짝 뛰었다. 돈이 없어서 매일 알바 뛰면서.

"얘는 뭔지도 모르고 무조건 됐대. 예전부터 사고 싶었던 거야. 오늘따라 내가 돈이 많지 뭐냐? 크크크. 내가 장담한다, 시연이 네가 진짜 좋아할 거야. 뭔지는 비밀. 내일 학교에서 전달식을 하도록 하지. 야, 강시연."

갑자기 미리 목소리가 진지해졌다.

"네가 내 친구가 되어서 참 좋다. 시연이 네가 친구가 없던 것처럼 나도 진짜 친구가 없었는데. 이런 거 사주고 싶은 마음 처음이야. 고맙다, 강시연. 내일 보자."

미리는 자기 할 말을 하고 전화를 끊었다. 나도 고맙다고 말하려고 했는데.

'내일 고맙다고 말해야지.'

나도 모르게 웃음이 배시시 나왔다.

오빠가 와 있었다. 집 나가면 개고생이라더니 아주 거지꼴이
되어 있었다.

"아빠 화 많이 났지? 엄청 났지?"

"응, 오빠는 오늘 죽을 수도 있어. 그런데 저번부터 왜 안 하
던 말을 자꾸 해? 오빠가 언제부터 아빠가 화내는 걸 무서워했
다고."

생각해 보니 그랬다. 돈 보내달라고 하던 날에도 그랬다. 아
빠와 오빠는 팽팽한 줄을 당기고 있는 것과 같았다. 서로에게
끌려가지 않으려고 안간힘을 쓰며. 서로의 감정이나 생각 따위
에는 관심도 없었었다.

"아빠한테 대들지 마. 거지꼴이 되어 겨우 집에 돌아왔는데
도로 쫓겨나는 수가 있어. 나는 절대 안 말릴 거야. 그동안 아
빠랑 오빠랑 싸우는 거 안 봐서 좋았는데."

나는 말을 던지듯 하고는 방으로 들어왔다. 말은 그렇게 했
지만 오빠가 돌아온 게 너무 기뻤다.

"아휴. 시연이 너는 오빠한테 꼭 그렇게 말하고 싶니?"

엄마가 소리쳤다. 엄마는 아주 신이 났다. 정체불명의 맛있
는 냄새가 집 안에 진동했다. 엄마와 오빠의 목소리가 가끔은

크게, 가끔은 조근조근 간지럽게 들렸다. 이 평화로움이 좋았다. 나는 침대에 엎어져 그 평화로움을 즐겼다. 살포시 잠이 들려는 바로 그 순간이었다.

"어? 엄마! 엄마."

오빠가 호들갑스럽게 소리쳤다.

"루리백화점, 루리백화점. 나 좀 전에 저기로 지나왔는데."

"어머 세상에, 저기가 루리백화점 맞아?"

엄마의 놀란 목소리가 들렸다. 나는 방에서 나갔다. 텔레비전 화면에 '속보'라는 글씨가 보이고 루리백화점이 떴다. 사람들이 우왕좌왕하는 모습도 보였다. 경찰차가 보이고 구급차가 여러 대 달려왔다.

"저걸 어째."

엄마가 어쩔 줄 몰라 했다.

루리백화점 지하에서 살인 사건이 일어났다고 했다. 아직 범인은 잡히지 않은 상태이고 경찰이 백화점 안으로 진입했다고 했다. 잠시 후 경찰들이 흰 점퍼에 청바지를 입고 검은 모자를 눌러쓴 남자를 끌고 나왔다. 흰 점퍼가 피범벅이었다.

미리가 내 곁을 떠났다.

묻지 마, 살인 사건.

책임 없는 말이다. 잘못된 말이다. 누군지도 모르고 몇 살인지도 모르고 무턱대고 죽이는 걸 왜 '묻지 마 살인 사건'이라는 말로 덮어버리냐고. 그 말이 하도 당연해서 살인의 이유도 따지려 들지 않는 그런 게 어디 있느냐고!

미리를 포함해서 다섯 명이 피해를 입었다. 네 명이 죽고 한 명은 중태였다. 다섯 명은 모두 지하 1층에 있었다.

미리가 지하 1층에 멈추지 않고 곧장 고용주를 만나기로 한 지하 2층으로 갔다면 그런 일은 당하지 않았을 거다. 모든 게 내 잘못 같았다. 나만 아니었으면 미리는 죽지 않았을 거다.

'미리는 떠나면서 나를 원망했을 거야.'

나는 미리 장례식에서 미리 엄마를 봤다. 초라하고 초췌해 보였다. 그래서 더 마음이 아팠다. 미리는 단 하루 장례식을 치르고 한 줌의 재가 되었다. 그리고 하늘이 유난히 파란 날, 파란 바다에 뿌려졌다. 나는 미리에게 고맙다는 말을 끝내 하지 못하고 미리를 보냈다. 미리가 한 말은 거짓말이었다. 하늘이 유독 파래 보이는 건 마음도 파래서라는 그 말이. 마음은 너무 슬픈데, 마음에서는 비가 내리는데 하늘은 파랗고 높았다.

'내가 그날 미리의 제안을 받아들이지 말아야 했어.'

그날, 미리의 알바 제안을 거절했다면 미리와 나는 그렇게 급속도로 친해지지 않았을 거다. 그랬다면 미리에게는 아무 일도 일어나지 않았을 거다.

4월 28일.

그날 내 선택을 되돌리고 싶었다.

철커덕철커덕.

기차가 눈보라를 헤치며 달렸다. 주먹만 한 눈송이 때문인지 몰아치는 바람 때문인지 기차는 느렸다. 기차 안에는 나 혼자만 있었다. 기차가 종착역에 도착할 무렵 눈은 그쳤다.

"전에 그 기차역이 아니네?"

전에 왔었던 기차역에는 육교가 있었고 육교를 건너 역사로 갈 수 있었다. 하지만 이 기차역에는 육교가 없었다. 저녁이 밀려오는 말간 하늘 아래 하얀색 역사가 보였다.

안녕 기차역

역사 앞에는 간판이 걸려 있었다. 나는 안녕 기차역 역사 안으로 들어갔다.

"어, 연수 언니."

"시연아."

연수 언니가 의자에 앉아 있다 일어났다.

"너는 어떻게 되었니?"

연수 언니가 물었다.

"변한 건 없어요. 제자리예요. 죽은 자와 연관된 선택은 바꿀 수 없다는 증호 말이 맞았어요."

연수 언니 손을 맞잡는데 눈물이 쏟아졌다. 달호를 선택했다면 달라졌을까?

"나도 선택을 되돌리지 못했어. 우리가 증호를 선택한 거, 잘한 일이었을까?"

연수 언니도 나와 같은 생각을 하고 있었다.

"그런데 그 아저씨는 왜 안 오지? 안 오니까 더 불안해지네, 우리가 잘못한 거 같아서."

연수 언니는 밖을 내다봤다.

철로 위로 어둠이 내릴 즈음 문이 열리고 정수리가 훤한 아저씨가 들어섰다. 나와 연수 언니는 동시에 일어났다. 아저씨 표정이 어두웠다.

"어떻게 되었어요?"

연수 언니가 물었다. 아저씨는 대답 대신 고개를 저었다.

"곧 999기차가 도착합니다. 탑승하실 손님은 준비해 주시기 바랍니다."

나와 연수 언니는 역사에서 나왔다. 아저씨는 앉은 채 나와 연수 언니를 물끄러미 바라봤다. 연수 언니는 1호차였고 나는 2호차였다.

"나중에 보자."

연수 언니가 말했다.

"아!"

2호차 문을 열고 들어서는 순간 나는 너무 놀라 주저앉을 뻔했다. 나는 겨우 의자 모서리를 잡았다.

"시연아. 강시연."

미리가 앉아 있다가 손을 번쩍 들고 일어났다.

"미리야, 미리 맞지?"

나는 미리에게 달려갔다.

"오랜만이다. 살이 많이 빠진 거 같다. 밥 잘 안 먹니?"

미리가 나를 아래위로 훑어봤다. 나는 미리를 와락 끌어안았다.

"밥 좀 많이 먹어라. 뼈가 막 잡히네. 아, 이럴 때 시연이 네알바해야 하는데. 네 입에 먹을 걸 막 집어넣어 주는 알바."

"알바 얘기 하지도 마."

나는 미리 얼굴을 마주 봤다.

"나는 내 알바를 하고 싶다던 미리 네 제안을 거절하지 못한걸 후회하고 있어. 거절했다면 미리 너한테 그런 일은 일어나지 않았을 거야. 미안해. 미리야, 정말 미안해."

말을 하는데 눈물이 흘렀다.

"강시연. 네 탓 아니야. 나는 네가 아니었어도 립스틱을 샀을거야. 우리 엄마에게도 선물하고 싶었으니까. 우리 엄마, 돈도지지리 없어서 화장품 하나도 제대로 못 사고 살거든. 에휴, 나만 보면 매일 악만 쓰는 엄마가 뭐가 좋다고……. 그래도 엄마와 같이 살았던 시간들은 그런대로 괜찮았어."

미리가 내게 주고 싶다던 게 립스틱이었구나.

"시연아, 고맙다. 나에게도 진짜 친구가 생겼으니 얼마나 좋아. 알바와 고용주가 아닌 진짜 친구."

미리가 내 손을 꼭 잡았다.

"미안해하지 마. 알았지? 그날 네가 그런 선택을 해주지 않았다면 너도 나도 둘 다 친구 한 명 없는 애들로 남았을 거 아니니. 나는 시연이 네 알바가 되려고 했던 그 선택을 후회하지 않아. 다시 돌아간다고 해도 나는 같은 선택을 했을 거야. 너도 후회하지 마. 절대로."

미리가 다시 한번 말했다. 나는 고개를 끄덕였다.

"고맙다, 시연아. 내 친구 시연이, 강시연."

미리가 내 이름을 천천히 또박또박 눌러서 쓰듯 말했다.

"내가 생각나면 하늘을 봐. 너랑 나랑 같이 봤던 하늘 어딘가에 내가 있을 거야."

"고맙다, 미리야. 인사도 못 하고 보내서 너무 아팠어. 미리야. 내 친구가 되어주어서 고마워. 내 친구 미리."

나는 미리 손을 잡았다.

기차가 터널로 들어갔다. 기차 안에는 조명이 없었다. 암흑처럼 캄캄했다.

"미리, 미리야."

기차가 터널에서 나왔을 때 미리는 없었다. 내가 잡았던 미리 손도 없었다. 아직 미리 온기가 남아 있는데 미리는 흔적도 없이 사라졌다. 하염없이 눈물이 쏟아졌다.

기차가 도로 안녕 기차역에 멈췄다.

연수 언니가 눈가가 퉁퉁 부어서 1호차에서 나왔다.

"대복이를 만났어."

연수 언니가 말했다.

"저는 미리를 만났어요."

"증호가 준 선물이 이것 같아. 마지막 인사를 할 기회. 증호는 사기꾼이 아니었어. 우리 대복이랑 인사했어. 수술하는 날 엉겁결에 안녕이라고 말한 거 미안하다고, 수술 잘 견디고 꼭 살아야 한다고 말했어야 했는데 잘못 말했다고. 그날 대기실에서 지키고 있다가 다시 한번 봤어야 하는데 정말 미안하다고. 그것 말고도 미안한 게 너무 많다고. 나 같은 어설픈 주인을 만나 매일 고생 많았다고. 대복이가 그러더라. 순간마다의 선택이 최선이었던 거 안다고, 그러니 미안해하지 말라고. 모든 게 다 고마웠다고."

연수 언니는 흐르는 눈물을 훔쳤다.

"시연이 너도 미리를 만나 마지막 인사 했어?"

"예."

나는 고개를 끄덕였다.

"증호가 사기꾼이 아닌 거 맞아요. 산 자의 선택은 바꿀 수 있다고 했잖아요. 엄마의 선택을 되돌렸거든요."

"그랬구나."

역사 안으로 들어갔을 때 정수리가 훤한 아저씨는 아까 그 자리에 그대로 앉아 울고 있었다.

"저 아저씨는 아들과 마지막 인사를 못 했겠네."

연수 언니가 중얼거렸다.

"곧 기차가 도착합니다. 이번 기차는 666기차와 999기차가 연결되어 운영되는 안녕 기차역 마지막 기차입니다. 손님 여러분은 모두 탑승해 주세요."

'달호가 혹시라도 아저씨의 시간 중에 하루를 가지고 갈 수 있다면, 가지고 간다면 제일 마음 아픈 날을 가지고 갔으면 좋겠다.'

나는 기차를 타는 정수리가 훤한 아저씨를 보고 이렇게 생각했다. 아들과 연관된 아저씨의 모든 시간이 아프겠지만, 그래도 그중에 가장 아픈 시간이 아저씨의 기억에서 사라졌으면.

작년 어느 날, 나의 선택으로 인해 아직은 건강한 반려견을 떠나보냈다. 함께할 날이 무수히 많이 남았다고 믿었다. 어쩌면 그렇게 믿었기에 가볍게 선택이라는 걸 했을지도 모른다. 생명을 가진 존재들에게 남은 시간이란 무한한 것이 아니라는 것을 잠시 잊고 있었다. 자신의 삶과 죽음을 나의 선택에 맡겨 놓았던 그 작고 여리던 생명체를 생각하면 마음이 아프다. 슬픔과 죄책감, 그리고 미안함은 현재 진행형이다.

『안녕 기차역』에는 자신의 선택을 후회하는 세 사람이 등장한다. 반려견을 떠나보낸 사람, 아들을 잃은 사람, 그리고 친구를 잃은 주인공. 세 사람은 모두 자신의 선택이 그런 결과를 가져왔다고 믿고 그 선택을 되돌리려고 구미호와 거래를 한다.

『안녕 기차역』을 쓰며 그들의 바람이 이루어지길 간절히 바랐다. 작가는 이야기를 창조하는 사람이고 이야기는 작가의 뜻대로 갈 수 있기에 가능할 수도 있다고 생각했다. 작품을 쓰며 몇 번이나 멈췄다. 많이 울었다. 그러다 끝내 마침표를 찍었다.

누구나 살아가며 끊임없는 선택을 하게 된다. 그리고 그로 인해 좋지 않은 일이 일어날 경우 후회와 함께 깊은 슬픔에 빠지게 된다. 영원히 빠져나오지 못할 수렁에 빠진 듯한 삶을 이어가는 경우도 있다. 나 역시도 그렇다. 자고 일어나면 늘 그랬듯 머리맡에서 반려견이 기다리고 있을 것 같다.

"이제 일어났네? 한참 기다렸잖아. 산책 가자."

이렇게 속삭일 것 같다. 그래서 잠을 깨고 눈을 뜨기 전에 두렵기도 하다. 아직 그렇다.

무수히 많은 이들이 무수히 많은 사연들로 그런 시간을 보내고 있을 것이다.

『안녕 기차역』 마지막 부분에서 말한다. 그날의 선택이 최선이었다면, 그것으로 되었다고. 후회하지 않아도 된다고.

어쩌면 섣부른 위로일지 모른다. 그래서 조심스럽다. 하지만 마침표를 찍고 나서 내가 위로를 받았기에 섣부른 위로가 될지도 모르지만 조심스럽게 세상에 내놓는다.

"힘내세요."

2024년 가을, 박현숙

안녕 기차역

ⓒ 박현숙, 2024

초판 1쇄 인쇄일 | 2024년 10월 29일
초판 1쇄 발행일 | 2024년 11월 8일

지은이 | 박현숙
펴낸이 | 사태희
편   집 | 최민혜
디자인 | 김경미
마케팅 | 장민영
제   작 | 이승욱 이대성

펴낸곳 | (주)특별한서재
출판등록 | 제2018-000085호
주 소 | 08505 서울특별시 금천구 가산디지털2로 101 한라원앤원타워 B동 1503호
전 화 | 02-3273-7878
팩 스 | 0505-832-0042
e-mail | specialbooks@naver.com
ISBN | 979-11-6703-138-9 (43810)

잘못된 책은 교환해드립니다.
저자와의 협의하에 인지는 붙이지 않습니다.
저작권법에 의하여 보호를 받는 저작물이므로 무단 전재와 복제를 금합니다.